奇怪的系列 3

수상한 학원

奇怪的補習班

文／朴賢淑 박현숙 圖／張敍暎 장서영
譯／林盈楹

目次

我是去研究老虎的

我咬牙努力睜大眼，卻再也撐不下去了，因忍耐而緊繃的肌肉漸漸鬆開，不由自主地嘴巴越張越開。

「呵啊……」我的呵欠聲連自己也嚇一跳，雖然連忙摀住嘴，還是來不及了。呵欠聲如同寂靜的山中瀑布奔騰的聲音，已傳遍整間教室。

英文老師正在說著捲舌繞口的英文單字，連她的聲音也被呵欠聲

淹沒了。因此老師猛然抬頭，掃視教室尋找打呵欠的犯人，她的眼神非常嚇人，彷彿發射出火光一樣。

我趕快轉過頭去並用力眨眨眼，避免被發現打呵欠後快流出來的眼淚。

「妳！很睏嗎？」英文老師用下巴朝我的方向指過來。

哇！老師的眼力是比鷹眼還可怕的妖眼嗎？但老師這麼問也不可能回說我很睏，所以我沒任何回答，但我知道自己好睏就快睡著了。

清晨五點起床的我，簡單洗臉後只喝一杯牛奶就出門了。為了要搭捷運，我要提早去搭接駁公車，如果只是這樣就能抵達的話，也許我還不至於這麼疲倦，然而還要再捷運轉乘兩趟才會到補習班。

07

搭捷運不論走在站裡還是擠在車廂，我都不停被人潮推擠，捷運裡外滿滿的人，夾在其中連呼吸都有困難。當我好不容易走進補習班時，我看起來就像塞在書包的三明治，被擠成內陷跑出來、麵包也變黏黏糊糊的那種可怕三明治。

「妳叫什麼名字？」英文老師不高興地問。

「妳讓其他同學的時間被耽誤了！」英文老師眼神裡寫滿了不耐煩。

「唉，沒救了！她竟然打呵欠，想睡覺就待在家裡啊！」其他同學也朝我投以一樣的眼神，以表達無聲的抱怨。

「還不趕快道歉。」美芝用手戳我。

我正想著不過就打呵欠，怎麼像犯了滔天大罪？「我是羅如真。」慘了！我明明想說對不起，嘴裡卻吐出了完全不同的話。

「她到底想怎樣啊？」竊竊私語中帶著不耐煩，在同學們的白眼下我全身都感到刺刺麻麻的。

「老師不是要問你名字啦！」美芝用力捏我側腰，翻白眼提醒。

我痛得眼裡滿是眼淚，我當然明白這句話，因為大人只要一生氣，就喜歡問對方「叫什麼名字？」那句話等於「知道你做錯了吧？」的意思。

「對……對不起。」我低著頭小聲回答。

我拼命把不斷襲來的呵欠忍住，但是才早上九點，我要怎麼忍到下午四點啊？今天從早上八點到中午是英文課，吃過中餐緊接著從一點到四點是數學課。一週課表裡唯一相同的是——每天四點下課。

名牌補習班——今天起我要開始在這補習了，這裡位於韓國最好的學區，補習費也非常昂貴。

我問過媽媽補習費要付多少錢？「寒暑期特別課程，一個月要兩百萬韓圓，平時的一般課程，比較便宜但還是超過一百萬韓圓。」

聽媽媽說完價格後讓我不自覺尖叫了，我腦海裡閃電般快速地浮現無數疊紙鈔。

「那麼貴！是在教什麼啊？難道在教開採金礦的方法嗎？教你怎麼挖金子之類的。」而奶奶比我還要更驚訝，她還說如果不是那樣的話，怎麼會這麼貴？

「真是的！媽您又來了。哪有那種補習班啊？」媽媽捂嘴笑著說。

「妳還笑得出來？一個月兩百萬韓圓！妳以為是付大富翁的玩具紙鈔？妳哪來的錢？上次不是才約定過，以後不要整天要求如真唸書、學習嗎？」

「媽，那是免費的！第一個月免費！免費不用錢的好機會，還不去嗎？美芝和如真不知道有多幸運，能夠免費上課一個月！聽其他人說過要報名那間補習班，通常要等好幾個月才排得到。還聽說他們的

醫師班、留學班……等等課程，甚至超過一年還排不進去！」媽媽特別強調好幾次免費這個詞。

如同媽媽所說我和美芝很幸運，可以在這麼厲害的補習班免費上課一個月，然而今天補習班都還沒下課，我已經開始懷疑這稱不稱得上是幸運。

我的爸爸和美芝的爸爸兩人在同公司，兩位爸爸只要是公司的事，哪怕半夜睡到一半，也可以不顧一切飛奔到公司。認真負責的態度讓兩位爸爸都被選為傑出員工，並且獲得歐洲旅遊的機會。

然而兩位爸爸卻因為工作太忙，都沒辦法請假，於是變成我和美芝與兩位媽媽，一共四個人出發歐洲旅行。因此讓我們認識了名牌補習班的院長——捷斯，他的韓文名字叫做金鼎識。

他自我介紹時說他叫捷斯，是名牌補習班的院長，會在接下來的旅遊期間當我們的導遊和翻譯。「本來我是沒時間跟你們到處逛的，但這間公司的老闆是我叔叔，他拜託我一定要帶妳們安全地旅遊」——

接下來的九天八夜，捷斯那華麗又高級的英文和德文實力驚艷了媽媽們。兩位媽媽成了捷斯的狂熱粉絲，而他不知道是不是被這兩位粉絲給感動到，他便承諾會讓我和美芝在寒假期間去名牌補習班免費上課一個月。

「妳去體驗吧？去看看明星學區的小孩是怎麼讀書的？俗話說不入虎穴，焉得虎子，妳先知道他們是怎麼學習的，這樣妳才能追上他們啊！是吧？」媽媽臉上滿是感動的和我說。

奶奶懷疑的問「孩子的媽，妳真的只讓她去一個月吧？」希望媽媽能保證做到。

「唉呀，媽。我哪可能有錢送她去那種補習班啊？憑如真爸爸的薪水，怎麼可能嘛。」媽媽一邊揮著手一邊說。

爸爸沒說話，在旁邊只是靜靜地邊看電視邊吃水果。

「如果要擒虎總得知道方法吧？我只是讓她去研究老虎而已，您放心吧。」媽媽努力地讓奶奶安心。

「好啦！研究一個月差不多夠了，凡事都要適可而止。」奶奶點點頭。

就這樣我為了研究抓老虎的方法而來到了名牌補習班。

「你們這是基礎班！馬上要升六年級了，明明同樣年級程度卻差這麼多！還不加緊用功，趕快升到三樓那些同年級的班級去？」英文老師用他那對比鷹眼更高一等的妖眼盯著我看。

不過才上完一小時的課，我全身精力就耗盡了，甚至連坐挺都覺得困難，因此我整個人癱在桌上。

「如真。」美芝拉了拉我的手臂。

「唉呦，要去廁所自己去啦！」我甩開美芝的手。

「我不是要去廁所啦！我們一起去三樓看看吧？」

「妳無聊嗎？有什麼好看的？不用看也知道！」

「我超好奇的耶！我們才五年級，這裡竟然有這種超前進度的班級和課程了？妳不覺得很神奇嗎？一起去樓上看看嘛！」

這有什麼好奇和神奇的？我不理美芝，只想趁現在小睡一會。美芝搖了我好幾下我都不理她，最後她竟然自己跑去三樓，一直到上課鐘響才氣喘吁吁地回到教室。

「太誇張了！超強的！」美芝吐了吐舌頭。

「我們基礎班下課不是都會去上廁所，或是像妳這樣趴在桌上休息嗎？但是三樓那些同學不一樣！」

「哪裡不一樣？」

「三樓的班級另外分A、A1、A2、A3四個班，這四班的同學看起來像機器人一樣，就算下課也還直挺挺地坐在位子上讀書。」

眼神呆滯的美芝彷彿還沒從剛才的衝擊走出來，一直到英文老師進教室後，她才振作一點精神。

「你們都複習過上節課的內容了吧？」英文老師一進來就問大家。這句話是什麼意思啊？都還沒回家就問我複習了沒？才剛上課，我又開始想打呵欠了。

「下課就是拿來複習的！這樣學過的內容才會真正變成自己的東西……羅如真！」英文老師突然大聲叫我，嚇得我趕快把呵欠硬吞進肚子裡。

「關於上一節課所學的內容，有問題就提出來。」

「啊？」我不停翻書，剛剛學了什麼啊？整堂課我都在和不斷襲來的呵欠抗戰，根本想不起來學了什麼。

「妳都沒有不懂的地方？」

「啊？呃，對……」我低著頭繼續不停翻著書。

「很好！沒問題就好！馬上就隨堂考了，看來我可以期待妳的成績囉。」

我的眼前突然一片黑暗，看來接下來這個月會很難過。

雙胞胎兄弟

午休時我和美芝去補習班的餐廳，裡頭鬧哄哄的擠滿了同學。

「妳要吃什麼？」美芝咬著手指問，她全神貫注地看著菜單，陷入思考。

「炸豬排和飯捲都各點一份，我們一起分著吃吧。」

「這主意好！看來妳現在清醒過來了啊，腦筋動得很快嘛。」美芝咧嘴笑。

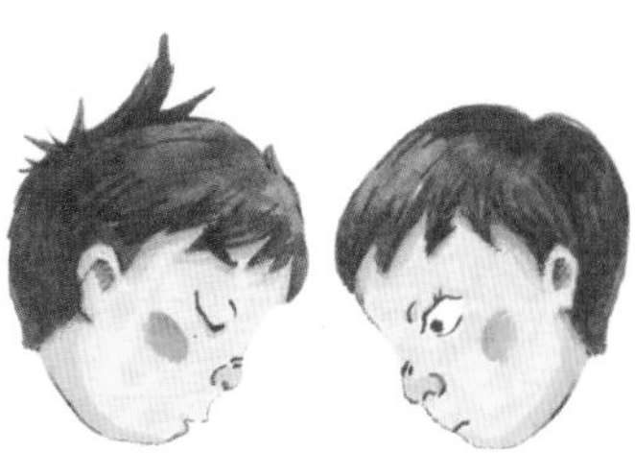

真的很神奇，下課鐘一響，我的腦袋頓時變得清澈明朗，就像不帶雜質的水。

我端著裝食物的盤子，環顧餐廳的四周，找不到空的座位。就在這時我看到角落的位子有人站起來，看起來那個同學似乎和不認識的人坐，他對面的人還在繼續吃。

「沒別的空位了，我們去那裡吧！」我和美芝走去角落的位子，先坐到那個還在吃飯的同學面前。

「他也是基礎班的同學。」美芝靠在我耳朵旁說。

我們前方坐的男孩，他的頭頂亂蓬蓬的就像鳥巢，再仔細一看會發現他耳朵後側的頭髮也築了鳥巢。

鳥巢男孩正細嚼慢嚥地吃著他的飯，他嚼的速度真的非常非常地慢。

「他好像睡著了！」美芝叫我趕快看。

美芝說的沒錯，那男孩閉著眼用每秒三下的節奏規律地嚼著飯。他就那樣吃著吃著，突然睜開眼四處張望，好像在尋找什麼，然後他又閉著眼睛開始嚼了起來。

「他是坐在我前面的前面的。」美芝邊吃邊說。

就在鳥巢男孩把他的炒飯吃到剩半盤時，我們已經把餐點吃完並開始整理桌面。

「你們吃飽了嗎？」我旁邊突然冒出了另一個男孩。

「嗯，我們吃飽了。」我拿起空盤後站了起來。

當我抬頭看見眼前男孩的那瞬間，我嚇了一大跳！問空位的男孩和鳥巢男孩的臉竟然長得一模一樣。美芝也和我一樣驚訝，反覆地來回看著鳥巢男孩和端著托盤的男孩的臉。

「他們應該是雙胞胎吧。」我們邊討論邊整理餐盤。

鳥巢男孩根本不在乎誰坐在他的前面，他依舊閉著眼睛繼續嚼著他的飯。坐在他前面的男孩則吃著拉麵加飯捲，邊吃邊看書。

「他也是基礎班的嗎？」我問美芝。

「我也不知道。」美芝搖了搖頭。

我和美芝跑到了陽光明媚的頂樓，這裡放了幾張長椅和自動販賣

機。我把屁股微微地靠在椅子的最外緣，享受溫暖的陽光和柔和的風輕拂著鼻尖，這暖和的感覺真不像冬天，好想就這樣舒服地睡一覺。

「妳媽媽有說什麼嗎？」美芝邊問邊坐到我旁邊。

「說什麼？」

「我們不是得到免費補習一個月的機會嗎？這件事妳媽媽沒跟妳說些什麼嗎？」

「我媽就說我和中樂透一樣幸運。」

「還有說別的嗎？」

「哈，有！我媽說如果想要擒虎，就要去研究方法。」

「什麼、什麼虎？」美芝歪著頭問。

我把昨天媽媽說的那些話，全都告訴了美芝。

聽完後，美芝開口說「我媽說如果上課感覺還可以，就要讓我繼續。」

「繼續上下去？在這間補習班？這裡這麼遠，我們怎麼可能一直來這裡補習啊？」我的心情瞬間變得複雜起來，假如說美芝要繼續在這裡上課，媽媽說不定也會改變心意。

但是我光是擔心這個月怎麼熬過去都來不及了，怎麼可能還想繼續？我絕對不可能繼續的原因，第一是距離太遠了，開學後的放學時間大概是下午兩點左右，回到家都超過三點了。接著還要換乘兩次捷運才能來到這裡，抵達這裡差不多超過五點了。還不只這樣，補習班

星光讀書室
B English
大成升學
大成升學
論述專題講座
冠軍學院
英才補習
才能學院
菁英
環球國際 普成
鋼琴
EMI學院
英語
學院
菁英
英文/數學
補習班
英文數學

下課後也是一樣。開學後補習班都是上四小時的課，所以大概到九點或十點才結束，再轉捷運和接駁車後，回到家都快十二點了。已經這麼晚，如果還要再做作業，根本連覺都不用睡了。

美芝繼續說「我爸說我要繼續在這補習的話，他以後要改成搭捷運通勤。因為車子要留給媽媽開，方便載我去補習班。」

聽完美芝的話，我的肩膀沉重了起來。剎那間，好像有數百隻熊成群結隊地湧上來，一屁股全坐在我的肩上，我開始呼吸困難，彷彿我的鼻子也被熊屁股壓住了。如果美芝真的這樣，媽媽可能會去拜託美芝的媽媽讓我搭便車。這樣一來，原本有的距離問題就解決了。

不對！突然我腦中閃過一束光，還有第二個絕對不可能的原因——補習費。宇宙無敵爆炸貴的學費，假如我真的在這裡補習，那家裡大概連吃飯錢都沒了。這是我第一次因為家裡沒錢，而感到慶幸。

其實我對唸書也是充滿鬥志和野心，但這間補習班讓我開始感到厭倦學習，尤其是超前進度的課程。因為我認為自己學習的速度剛剛好，但這裡卻要求我們從頭到尾用全速奔跑。

「他們來了。」美芝邊使眼色邊說。

鳥巢男孩和吃拉麵加飯捲男孩站在自動販賣機前買飲料，鳥巢男孩一買完可樂，就大口喝起來。我看到吃拉麵加飯捲男孩拿的飲料後嚇了一大跳，沒想到他竟然買咖啡！

「小學生可以喝咖啡嗎？」我嘀咕著。

「之前因為喝咖啡而被報導的小孩，原來就是他！新聞說小學生為了拼命唸書而提早喝咖啡。我當時看到還說怎麼可能，沒想到是真的！雖然我媽每天也在嘮叨要我打起精神好好唸書，但她還不准我喝咖啡提神。」美芝也喃喃自語。

吃拉麵加飯捲的男孩把咖啡喝完後，就直接下樓了。

匆忙喝著可樂的鳥巢男孩坐到可以沐浴陽光的椅子上，然後竟然又打起瞌睡。他究竟有多累？才會連可樂罐都還拿在手上就開始打瞌睡？

「我們走吧！我想去廁所。」我和美芝說完後便站起來。

就在我們經過鳥巢男孩身邊時，「呃嗯……好，我現在過去。」突然，打瞌睡的鳥巢男孩猛然地睜開眼並迅速站起來，還一邊大喊著。同時他拿在手上的可樂就這樣撞到美芝的手肘，接著掉在我的腳背上。

可樂罐裡並不是空的！偏偏我今天還穿一雙白得發光的運動鞋，瞬間就被可樂弄得一片斑駁。

「啊，你看看你！」我生氣地大吼。

鳥巢男孩愣愣地眨了眨眼睛，好像眼前的事和他沒關係。過幾秒後他才彷彿清醒過來，馬上蹲下來用他的手背擦著我的運動鞋。

但是已經太遲了！可樂早就滲進我的運動鞋了，甚至連襪子都濕

透了。

「對，對不起。」鳥巢男孩趕快站起來，他似乎也發現一切都太晚了。只能滿臉尷尬地看著我，而我的腳背傳來一陣冰涼感，於是我皺了皺眉頭。

「你也該醒了吧？」美芝開口說。

「什麼？」鳥巢男孩的表情突然變得僵硬。

「我說你那樣要怎麼讀書？」美芝字字清晰地又再說了一次。

鳥巢男孩不發一語瞪著美芝，被火辣目光嚇得縮了一下身體的美芝，她轉頭看向我，用眼神說著「我說錯了嗎？」然後聳聳肩。

「關妳什麼事啊？我付妳錢去洗鞋不就行了。」鳥巢男孩將手伸進口袋中翻了翻，拿出一張一萬韓圓的紙鈔遞到我的面前。

「不，不，不用……」我擺擺手拒絕。

鳥巢男孩於是直接把錢塞到我口袋，接著他便頭也不回地下樓了，速度快到我完全來不及反應。

「他還真莫名其妙。」美芝說。

「超級莫名其妙！怎麼會做錯事的人還反過來發脾氣啊？」我附和了美芝。

「難道我有說錯嗎？」美芝又說。

「就是說啊！有誰跟他要洗鞋的錢嗎？是在炫耀錢多喔？」我又跟著繼續附和。

「就是啊。」美芝也很不高興的說。

我和美芝一邊說著鳥巢男孩的壞話，一邊離開了頂樓。我們沒搭電梯下樓，想說順便參觀安靜的三樓。發現他們明明還沒上課，教室裡卻像靜止的畫面一樣。

我不自覺放輕腳步悄悄地下樓，回到二樓的基礎班，這裡就和學校的下課一樣吵鬧。

我在廁所前遇到鳥巢男孩，我趕快把一萬韓圓遞給了他。

「怎樣？」鳥巢男孩表情冷淡地問。

「我的鞋子在家裡洗就好，所以我不需要送洗的錢。」我學鳥巢男孩先前做過的舉動，我直接把錢塞進他的口袋，然後就拉著美芝的手臂跑進女生廁所。

整堂數學課，我總是會自然而然地朝鳥巢男孩的方向看去。即使他坐在我的對角線，我也沒有刻意要看他，但他就是一直進到我的視線中。

鳥巢男孩的頭微微地低垂，一直閉著眼。他很明顯是在偷睡覺，卻沒有打瞌睡的突然點頭。看來他靠挺直腰桿、微低垂著頭，完美地展現上課偷睡也不會被老師發現的高難度技術。

我們家如真不一樣

今天有一大堆的作業！就算我完全不休息一直寫，這份量也很難在晚上十二點前做完。從一早就不停被壓榨的身體，此刻如同掉到水裡再撈起的海綿般沈重，我艱辛地移動著，費盡千辛萬苦好不容易才在書桌前坐下，並鼓勵自己「可以的，來吧！這些也不是別人可以幫我完成的。」

「還行嗎？」正當我咬緊牙關要開始寫作業時，媽媽走進來問我。

那一刻，我突然有些惱火的回話「什麼？」

「補習班啊！這間和妳以前去過的那些補習班相比，有不一樣嗎？」媽媽的眼睛散發著光芒。

「才一天而已怎麼知道？我現在能說的心得就是真的很累。」我一邊發脾氣，一邊粗魯地翻著英文書。

「不過就讓妳去一個月，有什麼好抱怨的？妳上課要記得專心

聽，聽那邊的老師怎麼教，然後把它好好地記下來。這種機會可是寶貴的！要把它牢牢抓住！」媽媽一邊說，一邊輕輕地揉著我的肩膀。

不知道為什麼，總覺得媽媽說的話有點奇怪！什麼機會來了要牢牢抓住，媽媽難道已經決定要讓我繼續在那間補習班了嗎？

「我真的只上一個月吧？媽媽，我真的好累！每天這樣搭接駁車，還要轉乘兩次捷運，真的好累！」我最終還是說不出口，沒辦法坦承補習班的課實在是太難了。然而，我想藉此機會得到媽媽的保證。

「我去端水果來，妳等一下。」媽媽急忙轉身想離開房間。

而我緊抓住媽媽的手「我要媽媽現在就跟我保證！不然我也可以在社區的補習班就好，我一樣會認真地學習！」我直勾勾地望著媽媽的眼睛。

「就算我想讓妳繼續在那補習，我們家的經濟也負擔不起！妳也很清楚啊！」

「那假設美芝說要繼續在那間補習班的話，媽媽會怎麼做？」針對這個部分，我也想得到媽媽的承諾。

「美芝說要繼續上下去嗎？」媽媽的音量突然變大。

「我是說假設。」

「這有什麼好假設的？不可能會發生啊！你又不是不知道美芝家的狀況，他們家和我們差不多。」媽媽雖然這麼說著，但她眼球動得非常快，彷彿心裡正在想著不同的想法。

「假設美芝真的那樣，媽媽也別想叫我繼續在那間補習班上課。不管媽媽怎麼勸，我都絕不答應的！知道嗎？」就在這時，房門突然被打開，奶奶衝了進來。

「你們在說的話是什麼意思？孩子的媽，妳要讓如真繼續在那間補習班上課嗎？」

「沒有啦。」媽媽被奶奶的話嚇一大跳，慌張揮舞著手否認。

「妳最好別抱那種想法啊！如真對自己該做的事，她會去想辦法做好，妳何必要把她送去那補習。每天搭車去那麼遠的地方，妳以為很輕鬆嗎？還有，妳不是說過那裡學費貴得嚇死人？妳還不如好好存錢來退休養老！」

「唉呀，媽。我不可能送她去那啦！就說了我們家沒那麼多錢。而且就像媽所說的，如真現在書也讀得不錯啊！」

「孩子的媽！」奶奶低聲地叫了媽媽，並瞇起眼靠到她面前。

「嗯？」媽媽抖了一下，並害怕得往後退一步。

「我只要一看妳的眼睛，就能看透妳的心思，妳在想什麼我都一清二楚。我提醒妳別動歪腦筋，別做沒意義的事啊！到時孩子累、妳也累。來！妳看看我的臉。」

「嗯？臉怎麼了？」

「我最近只要一照鏡子，就覺得憂鬱！每天皺紋都變得更深，隔天一早再看還發現本來臉上沒有的皺紋，竟然又新長了好幾條，再去

冠軍
數學

睡個覺起來，依然看到鏡子裡站著一個滿臉皺紋的老太婆，連自己都看不下去的地步，難過得要死！所以我前幾天問了尚喜，最近電視廣告上那個什麼，好像叫消皺紋的魔法什麼霜。」

「魔術肉毒桿菌乳霜。」媽媽說。

「對！就是那個！我叫尚喜趕快幫我買一罐！結果她竟然打斷我的話，還問我哪有錢去買？不知道妳有沒有聽說尚喜的事？她從小到大不知道花了我多少錢，大概是如真爸爸的十倍。尚喜從小成績好，人們都誇她聰明，我原以為她長大後會成為不簡單的大人物呢！所以明明家裡也沒錢，我卻給她報了全科的家教課。再加上她外貌還算出眾吧？有人說她如果去選韓國小姐，說不定會第一名。因此就算她千百個不願意，我還是百般慫恿，花錢讓她去指壓雕塑、化妝，用盡辦法把她送去選美。可是這世上有太多長得比尚喜還漂亮的人了，在初選時她就被淘汰了。然後妳知道我朋友安東家嗎？她女兒聽說當了空姐，他整天炫耀他那個女兒賺多少錢，於是我也為了讓尚喜成為空姐，把她送去空服員學院。可是我卻到很後來才知道尚喜有懼高還什麼症的，她說絕不做要搭飛機的職業，所以中途就放棄……」

「媽，那個我也……」奶奶的故事越說越長，於是媽媽便打斷了她的話。

「妳怎麼老喜歡在我講到一半時打斷我？我快講完了！後來我又聽說主播是最好的職業，我再強調一下尚喜可是很會唸書的。我就改成送她去主播學院，阿娘喂，妳都不知道那學費有多貴！但當時的我想說錢不是問題，然而尚喜的聲音跟主播差太遠了，結果錢付了一堆後她竟然中途就不去了！也不知道是不是我把尚喜逼得太緊，她覺得受夠了，後來她竟然休學去歐洲當背包客了。偏偏在那時，我又聽說有個去英國留學回來的孩子回國後發展得很好。於是我又花了比買一棟公寓還多的錢，讓尚喜去英國留學。她當時還吵說不想到那麼遠的國家，我是半哄半騙把她送去。結果哩……」奶奶短暫停頓一下。

「結果，唉呀，我還期望尚喜會成為什麼大人物的，殊不知她歸國後，又還打混玩樂了三年，才好不容易進去她學長開的雜誌社上班，在那當記者還什麼的。她每次一領薪水就會說她賺的錢自己花都不夠，連一塊錢都別想叫她存！現在我因為皺紋而憂愁，她怎麼連買一罐乳霜給媽媽都辦不到？這是能貴到哪裡去？」奶奶一邊說，一邊嘖嘖地抱怨。

「妳有在聽嗎？」奶奶問了呆呆站著的媽媽。

「媽，我有在聽！那些故事您已經說過好多次。不過小姑和我們如真還是不一樣的。」媽媽在講不一樣時特別地用力。

「妳說不一樣？」

「小姑是您講的話，她一定會反抗。所以今天不管您叫她做什麼，您覺得她有可能會去做嗎？但是我們家如真不一樣！只要是我要求她做的事，她通通都會盡全力去完成。」媽媽好像不該把這些話順口的說出來。

「所以是怎樣？妳的意思是說妳有乖巧聽話的好女兒，我只有跟我作對的壞女兒嗎？」奶奶氣得火冒三丈。

「唉呦，媽，不是這意思啦！」媽媽似乎這才發現說錯話，她急忙地搖著頭，並握住奶奶的手。

「俗話說得好不聽老人言，吃虧在眼前。我們如真的國文那麼好，就算我把故事說得這麼長，一定也能聽懂奶奶想說的意思吧？」奶奶慈祥地問。

我想奶奶這故事整理出摘要的話，她的意思是要先了解小孩擅長什麼，千萬別聽人說什麼好就跟著去，這樣只會浪費錢。而且最後辛苦的不只小孩還有媽媽。

「話說回來，那乳霜一罐到底多少錢？」奶奶不死心的問。

「媽，我沒留意那些。」

「是嗎？好吧！剛吃了花生，現在口好渴啊。」奶奶說完就走出房間。

「是希望我買一罐給她嗎？聽說那個超級貴。」媽媽喃喃自語。

「孩子的媽。」奶奶把頭探進房裡，接著說「把我的話銘記在心啊！妳以後老了不想依靠如真的話，現在就要好好為自己做打算。等妳活到我這年紀，等臉上長出一堆皺紋時，妳想抹那個什麼魔力還魔術什麼乳霜的，難道要求如真買給妳嗎？」奶奶說完，便哐地一聲關門。

「到底說什麼啊？真是的！」媽媽望著關上的門，接著問我「如真以後不會買乳霜給媽媽嗎？」

我沒回答，心想這問題可能要到那時才知道，但我想就一罐乳霜應該會買吧。

「是不是應該要去買一罐給她老人家啊？」媽媽喃喃自語地便走出房間。接著媽媽又端切好的蘋果走進來，叫我把作業寫好就去睡覺。

我一邊對抗無情襲來的睡意一邊寫作業。老實講，要不是名牌補習班的英文老師喜歡在發音時捲舌，這些單字其實我都認識。才基礎班的題目就這麼難了，我不禁好奇三樓那幾班都寫什麼樣的題目。

我把英文作業寫完時，已經十二點了。「還有數學作業！」後來我寫了幾題，體力不支的直接趴桌上小睡一下，然後再撐著寫，如此斷斷續續寫著就清晨五點了。

「腰好痛啊！我要躺一下才行。」我伸了個大大的懶腰後癱倒在床上，就像趴在柔軟蓬鬆的雲朵上，我全身都好溫暖、好放鬆，不知不覺就睡著了。

媽媽如雷的聲音把我驚醒，跳起來的我揉揉眼睛就出門了。

「給妳做的便當，中午吃吧！」媽媽邊說邊把便當盒放進我的背包裡。

「媽媽，我沒地方可以吃便當……」

我話還沒說完，電梯門就開了，媽媽趕緊推我一把進電梯裡。

「如真，我在公車站這，妳在哪？」電梯正在下樓，這時收到美芝傳來訊息。

「我正要過去。」我快速回她。

美芝一見到我就問「妳都寫完了嗎？」她雙眼凹陷，臉頰好像也消瘦了。

「幾乎，妳呢？」

「我寫作業到凌晨，結果不小心就睡著了，等我睜開眼睛時，已經是早上了！啊，怎麼辦？我英文是有寫完，但數學還有十題沒寫。」美芝一臉擔憂地說。

「怎麼辦？」我也跟著擔心了起來。

「不然……」美芝突然咬起手指

甲，一副想說卻又說不出口的樣子。

「妳要抄我的作業？」我一下就看透美芝心思。

「如果可以的話當然最好，妳願意借我抄嗎？」美芝咧開嘴笑著說。

美芝坐在捷運站裡的椅子上抄著我的作業。

「我們怎麼會變成這樣呢？像這樣在捷運站抄作業的我們，真的好悲哀啊！對吧？如真啊，真的很謝謝妳，這份恩情我一定會報答的。」作業全部抄完之後，美芝露出了燦爛的笑容。

「妳打算怎麼報答？」聽到她說出要報答的話，我忍不住跟著笑出來。

「這個嘛……」美芝瞇著眼思考一會，「我會救妳一命。」說完這句話，美芝自己先大笑個不停。

「妳要拯救我的性命？那我們得上戰場囉。」我和美芝互看著然後笑了起來，這樣大笑一場後，原本悶悶的心情，似乎稍微暢快了一些。

從捷運站走出來時，正下著大雨。原本萬里無雲的晴空，竟然忽然就下起傾盆大雨，我脫下外套把它遮在頭上。這裡到補習班的距離只剩一百公尺，如果用盡全力跑，應該不會淋到雨。美芝看我的樣子，她也脫了外套蓋著頭。

叭！叭叭！我們用外套遮頭在路上跑，後方不停傳來喇叭聲。我雖然側身讓車先過，但後照鏡還是擦撞到我的手臂，那是一台非常豪華高級的名車。

「哎呀。」我停下來抓緊剛剛被撞到的手臂，同時感到一陣麻痛。

「被車子撞了嗎？」美芝嚇了一跳，看著我問。

「撞到手臂。」我皺著眉回答。那台撞到我的轎車在補習班的大樓前停下來。車門一開，鳥巢頭和吃拉麵加飯捲的雙胞胎男孩正在下車。

竟然在如此寶貴的上課時間畫畫？

「妳！」數學老師指我「妳個子小還坐後面，這樣看不到白板吧？妳來前面坐！」

我嚇一跳趕緊搖頭，我就想要這種不會被老師看到的位子，沒想到老師竟然叫我往前坐。所以我趕緊說「我坐在這看得很清楚，不用換沒關係。」

然而老師卻皺著眉，臉上一副不想再說第二次的表情，手揮著要我快點來坐她安排的座位，而位子正是在鳥巢男孩旁邊。

當我一換到鳥巢男孩旁的座位，我便止不住好奇的注意他的行為。就算數學老師在他前方講得口沫橫飛，依然可以閉著眼的他，從那半張的嘴甚至可以聽見隱約的呼聲，看來他應該是陷入熟睡了。

老師大步走到鳥巢男孩的面前，用手指敲敲桌面。他那低垂著頭才猛然地抬起，他睜開眼後用手擦擦嘴角，然後用力地眨眨眼。

「我看不下去了！你別再睡了！」數學老師用低沉的聲音說。後來整堂課，老師不時看向他，看來今天老師是鐵了心。

但一下課，鳥巢男孩就立刻趴回桌上，嘴角還流下一道長長的口水。

「昨天的作業都有做吧？拿出來！」第二節課才剛開始，數學老師一走進教室就催促大家把作業拿出來檢查。

「我看他肯定沒做。」我望著鳥巢男孩，心裡這麼想著。

然而，令人意外的是竟然全班都有做作業。記得以前我去過的補習班，都一定會有幾個同學沒做。而且連藉口也是各式各樣，有的說太忙而沒做，有的則說因為太難不會做，甚至還有說忘了有作業要做。

尤其常打瞌睡的同學，大部分都沒做作業。

「不錯！那我們再來解一次作業的習題。」緊接著老師便將題卷發下來，一看三十題都和作業一模一樣。

「他肯定寫不出來！他的作業八成是有人幫他做或是借他抄的。」我瞄了鳥巢男孩一眼，心想沒一個上課打瞌睡的人，書會讀得好的。

果然我的預料沒錯，鳥巢男孩在寫題目時，好幾次中途停下來，不然就轉筆、玩筆，或是用力地搓揉他那頭亂髮，把它們用得更像鳥巢。

題目還來不及寫完，下課鐘聲就響了。

「下課也要把題目做完。」老師說完後還是繼續待在教室。

就這樣，第二和第三節課在沒下課的情況下接在一起。我的腰因久坐開始疼痛，所以第三節課一結束，我就這樣和鳥巢男孩一樣趴在桌上。

「怎麼辦啊！我應該寫錯一大堆！」美芝來到我旁邊，對趴在桌上的我哀嚎。

緊接著第四節，這是我人生第一次連續上四小時數學課！我不停的打呵欠，書裡的數字像在跳舞似地搖來晃去。我睜大眼深呼吸，想打起精神也趁機偷瞄一眼旁邊。

鳥巢男孩竟然沒打瞌睡！不過他也沒在認真聽課，他書本底下放著攤開的習作簿，正在上面畫畫。他敏捷的畫著，不久後發出沙沙聲的鉛筆停了，接著他就把畫好的那頁撕下來。雖然我看不清楚，但猜測他畫的應該是臉。

「哈啾！」在撕下習作簿的同時，他打個大噴嚏。那張撕下來的紙於是隨風飄了。「哈啾！」他又個打噴嚏，那張紙就這樣飄到地上。

老師聽見打噴嚏的聲音，便朝我們這看了看，老師順手把掉到地上的紙撿起來，接著老師馬上皺起眉。

「是誰？」老師撿起畫有人臉的紙，然後看向我們這方向。

「上課不上課，誰開這種玩笑！」老師用鋒利的聲音說完，將畫

名牌
英文
名牌
數學

了臉的紙攤開。

紙上那張臉畫得非常好，真厲害！難以相信是出自國小五年級男孩之手，生動得彷彿隨時會眨的眼睛、似乎正冒著氣息的鼻孔，還有那張可以快速說出超過一百個數字的嘴。

像老師那樣平凡無奇的臉蛋，他怎麼能如此完美地重現？我有聽說素描人臉時，最難的就是毫無特色的臉。但那張畫裡的老師卻生動得像要從畫裡跳出來一樣。

「哇，畫的跟老師一模一樣！」某個人說。

「真的耶！完全一模一樣。」此起彼落的讚嘆聲在教室裡迴盪。

「這不是現在討論的重點！竟然有人在寶貴的上課時間畫畫？畫的人給我站起來！」老師朝我們這個方向走近一步。我偷瞄一眼鳥巢男孩，他正裝傻看著前方，就像這張畫和他一點關係也沒有。

「是你嗎？」老師問了坐在鳥巢男孩前的同學。

「我從出生到現在，最不擅長的事就是畫畫。」那同學斬釘截鐵地說。

「也不是我畫的。」老師都還沒問，坐在他旁邊的同學緊接著小聲地回答。

「那麼是你囉？」老師走到鳥巢男孩旁，看著他攤開的習作簿問。

接著並沒有等他回答，老師便直接抓起簿子。

「上課時間你還真有閒情逸致？」老師的聲音和冰塊一樣冰冷，表情扭曲成一團。她的臉上寫滿了不耐煩，似乎對於鳥巢男孩又被她逮個正著感到很無奈。

「白勝利在A班也是成績最好的……」話只說到了一半，老師便沒再繼續說，改用嚴厲的眼神瞪了一眼。

「老師，我親眼看到那是他下課畫的！」我下意識地挺身而出幫他說話。因為鳥巢男孩的表情實在太可憐了，如果不幫他的話，怕他就要撐不住了。

「不是上課畫的。是他在撕的時候，不小心掉出來的！」我繼續積極袒護。

「是嗎？」老師問鳥巢男孩。

「對。」鳥巢男孩小聲回答。

「以後下課要拿來複習前一堂課的東西。」老師說完後，停住正要揉掉的動作。她大概是要揉的那刻，意識到畫的那是她的臉吧？於是她把畫對折後放桌上。下課後便拿了畫離開教室。

「真的很厲害耶！畫得像照片一樣。不過，他真的是在下課休息時間畫的嗎？」美芝小跑步到我的旁邊，吐著舌頭說。

「嗯。」我看了看鳥巢男孩的眼色，一邊回答。

媽媽並不知道

美芝今天也從家裡帶便當來，可能媽媽們約好了要一起做便當吧？因為餐廳實在是太貴了，昨天媽媽聽到我吃午餐的費用，嚇得差點暈倒。

「我的天！一條飯捲竟然要三千五百韓圓？炸豬排要七千韓圓？這是什麼補習班餐廳？價格這麼貴。」媽媽接著說賣給學生的價格，應該要便宜又大碗才對，那餐廳竟然連基本常識都不知道！學生要吃

得飽才會認真讀書，這樣老闆也能從中得到成就感。看來那老闆根本只顧賺錢，一點人情味都沒有。

媽媽說了好一陣子餐廳老闆的壞話後，硬是要我帶便當。可是這麼冷的天氣，是要我去哪裡吃啊？

我們拿著便當上去頂樓，這裡空無一人。因為實在是太冷了，這時間大家應該都還待在餐廳裡。

「反正媽媽們就是對吃的特別省！她們難道不懂什麼都能省，就是吃的不能省這句話嗎？」美芝抱怨著。

「同學吃完飯後就會上來了，我們趕快趁現在吃一吃吧！」

「唉，算了一上午的數學，我的頭要爆掉了！昨天英文課好像還比較好。」

我們坐到陽光最充足的位子，面對面坐下後一起打開便當。我猜得沒錯果然是飯糰，所以小聲抱怨「我媽只會做飯糰，其他都不會！每次帶便當，一定做飯糰！」

其實飯糰做好後可以加入各種蔬菜，或是把海苔搗碎放進去，這樣子做的飯糰會更好吃啊！但媽媽只是隨便撒撒鹽巴、芝麻，然後亂滴一點香油，就連海苔也撕的亂七八糟的，最後這些飯糰完成後，看起來就一副不太好吃的樣子。而且飯煮得這麼軟！飯糰的飯就是要不軟不硬才最好吃啊。

不過，媽媽也不完全亂做啦！這是媽媽一大早起床，滿懷心意為我做的。只是她的手藝真的有待加強，不然奶奶也不會說全家人的身材會那麼瘦，都是拜媽媽的廚藝所賜。

奶奶說她吃媽媽做的小菜已經吃膩了，這也是她吃飯不夾菜超過兩次的原因，結果這樣吃下來會發現常常都吃不多。奶奶還說她是朋友中最瘦的，這一切也都要謝謝媽媽。

我時常分不清楚奶奶究竟是在誇獎媽媽還是在諷刺媽媽。

美芝帶的是三明治，光用看的就令人胃口大開。除此之外，她的便當袋裡有一罐保溫的熱呼呼的決明子茶，而我的便當袋裡只放了一瓶冷冰冰的冷水。

「如真妳是像到誰啊?妳不是喜歡料理嗎?」美芝從我的飯盒拿走一個飯糰,咬一口後說。

看來美芝也覺得我們家的飯糰不好吃。「既然不是像到媽媽,那應該就是像到爸爸吧?我爸因為工作忙沒空下廚,不然他煮的泡麵超好吃。」

我爸爸煮泡麵的實力,可是連媽媽的朋友們都知曉的。因為某次媽媽的朋友們來家裡玩,爸爸煮泡麵給大家吃,據說那次之後,他們都念念不忘那天泡麵的美味。

就如同美芝所說的,我的廚藝還算不錯。在學校做甜甜圈的時候,也是我做的最受歡迎。還有做可樂餅那次，校長試吃後，還稱讚我說這是世上最好吃的可樂餅。

所以我的夢想是成為廚師，再講得更明確一點，我以後想要成為一名高級料理的大廚。然而，當我告訴媽媽我想成為一名大廚時，媽媽卻嗤之以鼻。

「羅如真！妳是因為烹飪節目很紅，然後節目上那些大廚們做菜的樣子看起來都很帥、很厲害，所以才想像他們一樣，成為大廚的吧？」

媽媽並不知道，我早在這些節目紅起來之前，就夢想成為一名廚師了。甚至在我還不知道大廚這單字時，我就已經開始構築夢想了。

我記得上幼兒園時，就經常跟在做飯的媽媽旁邊，幫忙剝蔥、挑豆芽。媽媽去市場時，我也一定都跟去。對我來說去逛市場，比和朋友一起玩還有趣。但媽媽卻一直以為我是黏媽媽，所以才會整天緊緊地跟著她。

「大廚這職業的熱度很快就下滑了！到時妳就會想換了，所以我希望妳成為什麼，妳照做就行了。媽媽說的就是最好的！」接著媽媽說希望我以後成為大學教授，媽媽的口氣，並不是在問我覺得成為一名大學教授怎樣，而是斷然要我就這麼做。

「可是我覺得做料理很好玩！就連校長也稱讚過我的廚藝，說我擅長料理。」我努力表達自己喜歡的事。

「沒多久大廚這職業的熱度就要下滑啦！這些都是跟著流行變來變去的。」媽媽邊說邊搖頭。

「就算真的像媽媽所說的，這職業的熱度下滑了，我也還是想成為一名大廚。料理就是我未來想做的事！」

「吃三明治啊。」美芝把她的便當盒推到我面前，我拿起三明治咬一口吃到了清脆的甜椒，也咬到了番茄。

「好像少了什麼……」自信擁有絕對味覺的我，一邊嚼著三明治，一邊認真想著到底是缺少什麼呢？裡面明明放了很多食材，我卻覺得味道少了點什麼。

「如真。」美芝突然踢了我的腳背，並對我使了個眼色。我趕緊轉頭看，是鳥巢男孩站在販賣機前買飲料。

現在這時間，照理說同學都還在餐廳吃飯。尤其是像鳥巢男孩那樣，嘴裡的食物都要嚼得這麼久的話，根本吃不完中餐。我看他買了兩罐可樂，大步向著我們這裡走來。

「拿去。」他沒頭沒腦地遞一罐可樂給我，我驚訝地看著鳥巢男孩。

「給妳喝啊。」

「為什麼？」我不知道有什麼理由要收下他請我的可樂。

「剛才謝啦。」

「剛才怎麼了？」

「就數學課的那張畫啊。」

啊哈，原來是那件事。

「謝謝妳在老師面前幫我說話。」烏巢男孩把可樂拿到我的鼻子前。

我接下了那罐可樂。

「可是如真不能喝可樂。」美芝插嘴說。

接著烏巢男孩用驚訝的眼神看我，他的眼神似乎在說「這個世界上竟然有不能喝可樂的小孩啊？」

「如真對可樂過敏！聽說她很小的時候，曾經喝可樂後，拉肚子拉得很嚴重。從那次之後，她只要一喝到可樂就會發燒肚子痛。」

美芝說得沒有錯，我三歲那次喝可樂後，差點沒上西天。

「那要怎麼辦？」鳥巢男孩不知所措地問。

「我來代替她喝啊！我很喜歡喝可樂！你沒吃午餐吧？你也坐過來和我們一起吧？」美芝往旁邊一挪，讓出一個位子。

「不，不用了，我……」鳥巢男孩揮了揮手拒絕。

「我知道你還沒吃，你都邊睡邊吃，這時間怎麼可能已經吃完了？」美芝一邊說，一邊咯咯地笑。

鳥巢男孩原本還一副不知所措的樣子，但聽美芝說完也跟著捂著嘴笑起來。他一邊笑，一邊小心翼翼地坐到美芝讓出的位子。

「妳們帶便當啊？我第一次看到有人帶便當來。」鳥巢男孩一臉神奇地說。

「我們的媽媽在吃的方面可是世界第一吝嗇鬼，她們說外面賣的食物又貴又難吃，所以她們都不太買給我們吃。話說回來，你很會畫畫耶。」美芝一邊說，一邊抓起飯糰遞給鳥巢男孩。

既然要給，給三明治不是更好嗎？不知道美芝為什麼拿飯糰給他。我已經可以想像他吃下去後的表情，於是我整張臉不自覺變得又熱又燙。

「哇，很好吃耶。」鳥巢男孩咬了一口飯糰後說。看他吃得津津有味的樣子，應該不是在說謊。這個世界上竟然會有人稱讚媽媽做的

飯糰好吃？

「香油真的好香啊！」鳥巢男孩用感激的聲音說著。

嗯，如果他稱讚的是香油的話，好像可以理解。因為我們家的香油是很特別的，奶奶每到收成芝麻的季節，總會去拜訪鄉下的朋友家。奶奶會和朋友一起採收芝麻，然後帶去磨坊，把它們直接榨成油後再帶回來，所以我們家的香油是完全純正無添加的香油。

我以前曾經跟媽媽去過一次，聽說奶奶在磨坊時，一直在干預他們炒芝麻，一下說不要炒得太過，一下說起鍋前要加強火力。爸爸看奶奶每到採收時都奔波到鄉下去，擔心奶奶這樣太累、太辛苦了，於是開始勸奶奶不要再去了。

然而奶奶都會回說「這是我喜歡做的事，所以你少插手，不要阻止我！」

總而言之，這就是我們家香油特別的原因。不過用這麼好的香油，卻只能把食物做出這樣的味道，我不禁替媽媽感到浪費。

「鳥巢，你的名字叫什麼？」因為鳥巢男孩的稱讚，讓我感覺好像跟他更親近了，於是我便叫出了和美芝幫他取的綽號。

「鳥巢？」

「昨天你頭上築了個鳥巢，今天的頭髮也還是鳥巢的樣子。」

「喔！我懶得洗頭，我的名字叫白勝者。」

「白勝者？」我忍著快爆發的笑意，看一眼美芝。她也正努力憋住不要笑出來。

雖然笑別人名字超沒禮貌，但是勝者這名字真的很怪耶！者的字義是人，所以很難想像有人的名字會取做勝者。

「我的名字有點搞笑吧？」勝者一邊搔後腦勺，一邊嗤嗤地笑。

「不是有點，是非常搞笑吧。」美芝笑著說。

「這是爺爺幫我取的。爺爺曾經是運動員，據說是國家代表選手，或許他想要常常能得勝成為勝者吧。所以聽說爺爺在我和哥哥一出生後，就幫我們取名白勝利和白勝者。我們是雙胞胎，但我比我哥晚一分鐘出生。如果是我早出生的話，就會是勝利了。」勝者邊說邊不停吃著飯糰。

「你爺爺也真搞笑啊。」美芝笑到不行。

「嗯，爺爺是很好的人，不過他在我一年級時過世了。」講到爺爺過世的事，勝者的臉色變得稍微陰暗了。

「你今天怎麼沒去餐廳吃飯啊？是想餓肚子嗎？」我趕緊轉移話題。

「沒有啊，是打瞌睡被老師罵完後，就沒胃口吃飯了……說實話，被拿來和勝利比較，讓我很不高興。」

「勝利好像比你更會讀書吧？他成績是不是非常好啊？」

剛才老師說的難道還不夠嗎？而且勝者也說的很明顯了，勝利當然讀書和成績都很好。真搞不懂美芝怎麼還要問這種問題？

「他在A班也都第一名。勝利從一年級開始，寫考卷從來沒寫錯過任何一題！簡直瘋子！」

瘋子？我和美芝互看一眼。用瘋子來形容似乎有點過分了，但總覺得還是要附和些什麼，不回話好像有點怪怪的。

美芝和我還在猶豫該怎麼回應的時候，勝者口中的瘋子——勝利也上來頂樓了。他朝我們的方向看了一眼，就往販賣機走去。

「他真的是瘋子。」因為勝者坐的方向背對著販賣機，所以並不知道勝利上來的勝者還在不停講著批評的話。不知道勝者是不是吃下幾顆飯糰，力氣和精神都來了，他的聲音既有力又大聲。

美芝朝勝者眨眨眼，還好他還算會看眼色。他感覺到美芝的眼神不太對勁，於是火速地轉頭一看。

「我先回去了。」勝者一看到勝利，便馬上站起來。

「你怎麼不吃午餐？」勝利問勝者。

「想睡覺。」勝者口氣不好的丟下這句便下樓。

奇怪的孩子

今天是來到名牌補習班後的第一次大考。這裡根本把我們當機器人。解題、解題，每天都在解題，解完所有的題目後，他們又會再出新的給我們。

早上我突然頭暈反胃，所以牛奶一口都沒喝，原封不動地放在桌上。再加上昨晚還沒寫完模擬考題，就不小心睡著，內心感到忐忑不安。

「妳睡前有把模擬題都做完嗎？」我傳訊息給美芝，內心祈禱她回我還沒。

「嗯」美芝傳來了訊息。

我的天！我連忙把考題翻開看。四十題我只做二十五題而已。我快速掃過所有題目，雖然有我會寫的題目，但也有一些是我忘記什麼時候教過的，覺得很陌生。

這樣下去，我該不會成為基礎班最後一名吧？最後一名！這個詞一出現在我腦中，心跳就加速了。

「模擬題都算完了？」我迅速傳訊息給勝者，我想趕快把最後一名從我的腦海中掃出去。假如勝者也沒準備，我應該就不用擔心會成為最後一名了。

但我發送後，等了好久都沒收到勝者的回覆。

「聽說今天數學大考？」媽媽瞄一眼客廳，確定奶奶不在後小聲問我。

「媽媽怎麼知道？」

「媽媽昨天跟捷斯通過電話啦！不用有太大壓力。他說基礎班的題目都很簡單，聽說都出跟模擬題一模一樣，所以放鬆去考就行了。這是妳第一次大考，就當作升六年級前的自我評量去考吧。」媽媽特地強調放鬆兩字。

媽媽似乎相信捷斯所說。但就算大考題目會和模擬題一樣，但模擬題全部加起來也超過兩百題。更重要的是，我還沒全寫完。而且名牌補習班的基礎班，根本只有名字是基礎班，其實內容一點也不基礎。

「如果妳能考一百分更好！在媽媽看來應該沒問題。」

我無奈的什麼都說不出口，究竟捷斯怎麼跟媽媽說的？竟然讓視成績如命的她說出放鬆這種話。媽媽可是連隨堂考都緊張到不行、看得無比重要的人。

「話說回來，妳不覺得捷斯真的很厲害嗎？大學從數一數二的名校畢業，在美國也是讀名門學校。還不到三十歲就開一間這麼大的補習班，而且做人還講義氣。」媽媽原本還在說著大考的事，突然又開始稱讚起捷斯。

捷斯的確畢業於名門大學，也的確還不到三十歲就開了一間大型補習班。但說他講義氣是怎麼一回事？是他讓我免費去上課？

「他真的是很不錯的人！人跟人之間最講究的就是信任和義氣。」媽媽就自顧自說著。

但是聽到義氣，我腦中浮現出身穿西裝的黑幫分子。記得在電影裡很常聽他們講「義氣」這詞。

「今天特別用心為妳準備便當，要好好吃飯喔！」這是媽媽第一次在考試當天用溫柔口氣講話。

「妳的模擬題全都順利寫完了？」我在公車站一看到美芝就緊張的問。

「哪有什麼順不順利，反正就那樣啊！不過看似很簡單其實很難。」

「太好了！原來不只我覺得難！」我稍微安心了。

終於到了數學課，老師拿一大疊考試卷走進教室，和大家說：「你們應該都知道，基礎班會統計每次大考成績，如果成績達標的話，就可以升到前段班。如果只是每天在基礎班消磨時間的話，是不會進到前段班的。你們努力學習的目標，就是為了要進A班、A1班、A2班，還有A3班，對吧？然後未來努力實現你們的夢想，對吧？所以每次大考都要盡全力去考！」

關於基礎班統計成績和升前段班的事，我是第一次聽說。可能因為我們不是正式註冊的學生，也可能是捷斯忘了說，或是他認為我們只是來免費體驗而已，才覺得沒必要說這麼多吧。

我拿到考卷的手不停發抖「反正我只來一個月而已，不要緊張。」我對自己說完後還是一直抖。大概我怕萬一考最後一名，那可真是丟臉到極點。

三十題的考卷，我先快速全看一遍，先看看題目難易度。好難！

出乎意料地難，昨晚我不會的那幾題，好像全都出現了。

我先挑我有把握的來寫，但卻只有五題！其實我在學校一直是成績不錯的，不只是學校，就連在以前的補習班也是一樣，就算每次都沒考一百分，我的成績也還在中上範圍。但我現在卻在考題前喪失了方向，彷彿在一個複雜的迷宮中徘徊。

曲折糾結的這些題目，看似找到解題方向了，結果又陷入更深的迷宮。

「嗚……」我只解出五題，又再次陷入瓶頸。我難過的淚水不自覺地湧出來。

勝者轉頭驚訝地看我。接著，他把答題紙悄悄地推近我手邊，近

撲通
撲通

到我甚至可以看見他寫的論述題答案。

「他是讓我看嗎？」我的心跳就像海浪般激盪了起來，但我真的不想那樣做。羅如真！我在心裡叫著自己的名字，我真的不想做出那種事情。然而，我的手已經在抄勝者的答案了。

我一邊留意著老師的動靜，一邊抄著答案，我的背脊上不停地冒著汗。全部抄完後卻又開始擔心他寫的答案是否正確。

「這什麼考試，太難了吧？雖然都是從模擬題裡出的，但和寫模擬題的感覺實在太不一樣了！我考砸了。」美芝愁眉苦臉的。

「如真寫得怎麼樣？」

勝者。

「嗯？反正就那樣寫。」我支支吾吾地說，一邊偷瞄趴在桌上的

「我大概有十題不會！怎麼辦啊？我們會不會墊底啊？聽說這裡會把成績貼在佈告欄上。」

「什麼？妳聽誰說的？」我站了起來，竟然會公開成績，這太不合理了！

「我在廁所聽其他同學說的。」

「哪有這樣的？」我朝美芝發了脾氣。

就算我們只是免費體驗，像這種重要的事，不是要先說清楚嗎？難道是存心要讓人丟臉嗎？我如果先知道的話，昨晚就乾脆連覺都不

睡了。

「妳怎麼亂對我發脾氣？我也快煩死了啊。」美芝也發了脾氣。

「我錯幾題？不對，我對幾題？我能相信勝者嗎？他上課都在睡覺啊！早知道再怎樣，我都不該抄他的答案。我最多就只寫五題，剩下都抄他的，萬一我考出來的分數跟他一樣淒慘的話怎麼辦？唉，真是太崩潰了！到時我就和勝者一起在大家面前丟臉。唉，沒關係，反正我再一個月就結束了。已經一個星期了，所以再三個星期就結束了。丟臉就忍一下吧！反正時間很快就過去了！」我不斷安慰自己，即使如此，我還是放鬆不了。

「真討厭！貪什麼免費。這一切都怪媽媽，都是媽媽害的。」我開始不斷埋怨媽媽。只因為免費就感激的媽媽，她可曾想過女兒會落到如此丟人現眼的下場。

現在回想起來，奶奶常說的「這世上沒有免費的東西。」奶奶說的一點也沒錯，就算現在免費，總有一天要付出代價，所以別去貪免費。

啊啊，因為貪免費的媽媽，我要崩潰了！接下來幾節課，我的耳朵已經完全聽不見老師的聲音，那些聲音自動消失不見了。

「羅如真！妳今天也帶便當嗎？」老師一離開教室，勝者就馬上問我。

我看著勝者心想「考試有考好嗎？不然怎麼能笑得那樣開心？只

想著便當呢？那我應該可以相信他吧？不對，他本來就不太在乎學習的啊？」我雙手不停搓頭。

「妳怎麼了啊？」勝者瞪大眼睛地問。

「沒事，我有帶！我有帶便當。」我嘆了一口氣。

「我也可以一起吃嗎？」

「隨便你。」反正我今天沒胃口。

於是我和美芝還有勝者一起去頂樓。

今天還是飯糰。不過媽媽說有特別用心準備，果然飯吃起來軟硬適中。美芝今天也帶飯糰，但她的飯糰光看顏色就知道不一樣。勝者眨了眨眼，便開始輪流吃著我和美芝的飯糰。

「你很奇怪耶！之前在餐廳看你都是邊睡邊吃的，但跟我們一起吃的時候，你的精神都好得不得了啊？是因為頂樓很冷，所以比較清醒嗎？」美芝歪著頭問。

「呵，我在餐廳閉眼吃飯，並不是我在睡。」勝者嘴裡塞滿飯糰的回答。

「我會那樣，是因為不想看到那倒胃口的傢伙。那傢伙吃飯總會坐我旁邊，因為我媽叫他盯著我，看我有沒有吃飯。我媽說我書都讀不好了，飯還不認真吃的話，怕這腦子就不會轉動了。」

「哪個倒胃口的傢伙？」美芝問。

「就勝利啊。」昨天叫他瘋子，今天又叫他倒胃口的傢伙。

「其他同學喊難的考試，那瘋子卻每次都拿一百分，每次看他說題目很簡單的嘴臉，都讓我很倒胃口。」勝者嘴裡的飯糰滿到像要炸出來似的。因為嘴裡塞滿飯，他講話含糊不清，但當講到瘋子和倒胃口的傢伙的時候，他發音卻都非常清楚標準。

「那你上課時間打瞌睡的事呢？」

「那是因為真的很睏。勝利他每天都讀書到凌晨一點。所以我也必須跟他一起坐在書桌前，坐到那時候。」

「既然都坐到那時間了，怎麼不乾脆好好讀書啊。那些時間你不讀書，到底都在做什麼？」

「你們知道勝利在我媽面前多會裝乖嗎？如果有國家孝子獎的話，獲獎人絕對非白勝利莫屬。勝利對我媽百依百順，從來沒對我媽說過不要，只要我媽說的話，他都照單全收。而且還裝出一副為我好的樣子。你們覺得我還會想跟他面對面一起吃飯嗎？光看到他的臉，我就沒胃口了。」勝者沒完沒了地說著勝利的壞話，甚至還說到勝利的大便都是蔥的臭味這些事。

勝者就連在講大便這種骯髒事，還是吃飯吃得很開心。正當勝者說得正起勁，飯糰也剛好都吃完了。

正當美芝分裝她帶來的熱呼呼決明子茶時，勝利來到頂樓。勝利徑直地走到勝者的面前說「我到處在找你！你為什麼不吃飯？媽媽不是說過中午一定要吃嗎？餓肚子的話，是沒辦法好好讀書學習的。」勝利一臉擔憂地說。

勝利的眼睛、鼻子、嘴巴，都和勝者一模一樣，但他們的表情卻完全不同。勝者看起來叛逆，勝利則是一副乖乖牌的樣子。

簡單形容的話，勝者就像是韓國傳統民間故事《興夫傳》裡的諾夫，而勝利就像是興夫。即使勝者和勝利這對雙胞胎長得幾乎一模一樣，但每次我見到他們的時候，總是能找出他們的各種差異。

「太睏了所以不想吃。你就去跟媽媽說反正我吃或不吃，書都一樣讀得不好。」

明明他幾乎吃掉了兩盒飯糰，勝者卻說得好像什麼都沒吃一樣。

勝者說完便拍拍勝利的肩膀後下樓了。

書讀得不好又不是什麼值得驕傲的事，竟然敢說得這麼大聲。話說回來，我的數學考試到底該怎麼辦！

原來妳就是老虎啊！

早上一踏進補習班，就看到同學們聚在佈告欄前。

「就這樣公開成績了嗎？」我的心往下沉。

我沒勇氣瀟灑地走近佈告欄，美芝也是害怕的緊抓著我，她的手有如冰塊。

「反正我們一個月後就走了。」美芝先開口說。

「就是啊，沒差啦。」我刻意用力地說，然而，我們依然鼓不起

勇氣看佈告欄。

「哦？他今天這麼早來？」就在同學竊竊私語時，勝者走了進來，他看到同學都擠在佈告欄前，便跟著靠近。

我看到勝者就心跳得更快了，怪他把答題紙給我看，自己書都讀得不好了，還敢做這種事。萬一我的分數和勝者一樣怎麼辦啊？拜託，希望我跟他的分數不一樣。

勝者快速看一眼佈告欄，然後對我們笑了笑，就默默上樓了。

「他什麼意思啊？」美芝問我。

就是說啊，勝者那笑容是什意思啊？是因為他看到和我的成績一樣嗎？

「我們也看看吧，不管怎樣都得看啊。」美芝下定決心似地，拉起我的手。

「啊！」我在佈告欄上找到我的名字，並確認分數的那一瞬間，我尖叫了。這怎麼可能！我不敢相信眼前看到的，我搓揉眼睛後再看了一次佈告欄。

羅如真一百分，我火速地找到了勝者的名字，白勝者一百分。

「這怎麼一回事啊？」美芝確認完我的分數後，不知所措地問。

就是說啊，這究竟怎麼一回事。勝者明明就說他書讀得不好啊，但他竟然考了一百分。

啊！對啦。勝者原來是個很會讀書的孩子啊！一個真正不會讀書的孩子，才不會這麼大肆宣揚書讀得不好的事。他只是在假裝書讀得不好，他就是那種謙虛的小孩啦！不是書讀得不錯就裝模作樣的那種小孩，而是懂得謙遜美德的孩子。

就這樣，我得出了勝者是謙虛品格的結論。不過話說回來，我考一百分，心裡卻一直覺得怪怪的。看著佈告欄公開寫著我的一百分成績，總覺得很過意不去。

「我慘了！」美芝用力地咬著下唇。

我總覺得應該去跟勝者說些什麼，卻又不知道要怎麼說。總不能說「多虧了你，幫我考一百分。」也不能說「原來你很會讀書啊？我都沒發現。」

　　不要說講話了，我根本不敢對到他的眼睛，勝者也什麼話都沒說。

　　到了午餐時間，美芝說她今天吃不下，她好像受到很大的衝擊，其實她考八十三分，這分數也不差。考題

這麼難，可以考到這分數已經很優秀了。只不過，基礎班公開的成績，包含我在內就有四個人考一百分，其他人幾乎也都考到九十幾分。當然，最讓美芝感到衝擊的，絕對是我考了一百分。

我和美芝一樣，今天也沒吃便當。不知道勝者是不是看到我和美芝的臉色，心想「啊，看來不是吃飯的氣氛啊！」就走了。他不知道後來是去餐廳，還是又跑去其他地方鬼混了。

回家路上，美芝依然一句話也沒說。她就緊閉著嘴，盯著捷運的天花板看，偶爾還淚眼盈盈地望著玻璃窗發呆。而我就像犯了罪的人一樣，不停地觀察她的臉色。

「我明天想請假一天。」下公車後要各自回家時，美芝開口說了。

早知如此我還不如和美芝考一樣的分數，那樣我還更自在一點。

我看著她無精打采的背影，心裡不禁浮現了這樣的想法。

我一打開家門，原本在客廳的媽媽就如風一般向我奔來。然後一把抱住我。

「太棒了，真是太棒了。」媽媽不停地撫摸著我的頭。她的聲音充滿了感激，甚至還顫抖了起來。

「聽說妳考了一百分啊？」

「媽媽接到通知了？」我皺起眉頭。

「那當然啦！當然要通知媽媽呀！妳真的表現得太棒了，我一收到訊息，就馬上和捷斯通電話，聽說這次大考，比以往的考試都來得難。捷斯說他很驚訝你考了一百分，因為基礎班就只有四個人一百分。」媽媽整個人高興得不得了。

「怎麼了？在門前抱著不放，又不是什麼失散多年的團聚。」剛回到家的奶奶，邊走邊問。

「呵呵呵，媽。我之前不是說過嗎？我們如真和小姑不一樣。如真在補習班表現得超級棒。」媽媽張開嘴，放聲大笑。

「她找到抓老虎的方法啦？」

「媽，不是找到抓老虎的方法，而是如真成為一隻老虎啦，呵呵呵。」媽媽的笑聲響徹整間屋子。

「妳說如真成為老虎？到底是在說什麼啊？哎喲喂呀，我的腿！尚喜說她今天休假，我本來要去見她的，結果卻撲了空。既然休假就待在家裡啊！也不知道她是跑哪去了。我等一整天都沒見到人，最後只好回來了。」奶奶癱坐在地上，脫起襪子。

「您怎麼突然跑去見小姑呀？」

「我是因為那個東西去的啊，那個叫做什麼去了，什麼魔術肉毒桿菌乳霜的。」

「啊，是。」媽媽臉上閃過一抹尷尬摻雜後悔問錯的表情。

「孩子的媽，要不然妳買給我吧？」奶奶一邊捲著襪子一邊問。

「啊？」媽媽嚇得打了個寒顫。

「妳怎麼嚇成那樣？算了算了，不用了！」奶奶吃力地站起來，走進浴室。

「美芝考幾分？」奶奶才剛把浴室門關上，媽媽便迫不及待地問，好像她等待已久似地。

「八十三分。」

「其他同學呢？平均考幾分？」

「大概九十幾分。」

「天啊，美芝該怎麼辦？她媽媽一定也很失望吧。」媽媽皺著臉說。

媽媽打了電話給爸爸，叫他今天早點回家，說今晚要吃烤肉。

我走進房間，在書桌前坐下來。我感覺像是偷了東西一樣，覺得很過意不去。

我突然想起了皓庭。會去教堂的皓庭，她偶爾會告訴我教堂裡發生的事，其中有個——叫做懺悔的東西。她說懺悔就是向神父告解自己所犯的過錯並反省。懺悔時不會看到神父，而是會在中間有隔板的小空間，讓人可以自在地說出自己的錯誤。

皓庭說她也有懺悔過一次。她是沒說因為什麼事，但是皓庭說她在懺悔完後，心裡舒服自在許多，感覺就像再次回到乖巧的狀態，因此開心許多。

可惜皓庭寒假安排到菲律賓上語言課，如果皓庭在的話，我一定會求她帶我去找神父的。如果向神父告解我作弊的事，我應該會感覺好過一點。

今天爸爸很早就到家了。他一副搞不清來龍去脈的樣子，只因為媽媽不停地糾纏，他就只好提早下班了。

「今天是誰生日啊？竟然打電話叫我早點回家，還說晚餐要吃烤肉。難道是老婆妳的生日？是我記錯了妳的生日嗎？」爸爸小心翼翼地看著媽媽的臉色。

「當然不是！你連我的生日都忘啦？」媽媽瞪了爸爸一眼。

「啊，不然是媽的生日嗎？」

「哎呦喂，你再怎麼忙，也不能連你老媽子的生日都給忘了吧？我的生日是秋天啊，秋天。」奶奶也嘖嘖地咂了舌。

「那麼是如真的生日囉？」

「老公！如真的生日是春天啦。」媽媽大吼。

本來希望可以就此打住的，但爸爸卻歪了歪頭接著說「啊，真是的，原來是我的生日啊。我都忘了！」爸爸一副慶幸自己終於想起來了的樣子，邊說邊滿意地點著頭。

奶奶和媽媽看著爸爸，不約而同地嘆了氣。

「我在盛夏時生下了你，結果因為月子沒做好，現在只要天氣一變冷，我的膝蓋就又痠又疼的。你連自己在夏天出生的都忘啦？」奶奶一邊嘆氣一邊說。

「今天沒有誰生日！是如真在補習班的數學大考一百分。老公你也知道那間補習班是個怎樣的補習班吧？」媽媽嘴角帶著微笑說。

「是嗎？如真辛苦啦。」爸爸看著我，露出燦爛笑容。

「我還以為如真的數學比較弱，原來我誤會了。送對補習班，孩子的實力就被激發了。比起如真考一百分，能夠發現她的數學潛能更令我感到開心。」媽媽在烤盤上擺滿了昂貴的牛肉。看來媽媽今天沒有要為食物節省的意思。

「妳就實話實說吧！就是因為考一百分而高興的嘛！」奶奶喃喃自語地說。

媽媽看了奶奶一眼，好像想說些什麼，卻又停了下來。

「後天有英文大考吧？」媽媽一邊把烤得焦黃的肉放在我的飯上，一邊問。

哎呀！整天腦子裡都是數學分數的事，害我完全忘了這件事。

「反正英文妳本來就很擅長，沒什麼好擔心的。」媽媽說。

要一起？還是不要一起？

美芝是認真的，她說要請假一天的話並不是隨便講講，下課去廁所回來時，都特別能感受到美芝不在的空缺，我對美芝感到很抱歉。

午餐時我和勝者一起在頂樓吃飯糰。今天沒有溫熱的決明子茶，只有冰涼的水，我吃著飯糰，感覺今天特別寒冷。明明今天的陽光比昨天更溫暖。新聞也說今天氣溫會大幅回升，但我為什麼還是覺得這麼冷呢？

吃完午餐後，我鐵下心決定問個清楚「勝者，我有件事想要問你。」他沒有先提起數學成績的事。但我想認識勝者，想知道他究竟是什麼樣的孩子。我很好奇他為什麼書讀得不錯，卻要裝作一副讀得不好的樣子。

「我以為你是個不會讀書的人，因為你上課都在打瞌睡。」我表情嚴肅地說。

「是嗎？」勝者聳了聳肩。看來我很認真地問，他卻不把它當一回事。

「你明明就很會讀書啊！你為什麼上課假裝打瞌睡？」

「還能有什麼原因？就是上課很無聊啊。」勝者突然站起身走到販賣機前，買了可樂後大口地喝起來。

「那妳又是怎麼一回事？」勝者喝完可樂，打了個飽嗝後問我。

「我怎樣？」

「妳剛才說妳以為我不會讀書啊！那妳怎麼還抄我的答案？是想一起考零分嗎？要說奇怪的話，妳比我更奇怪吧。」

我對此無話可說，我也是搞不懂自己，當時為什麼會做出那樣的行為。

「我，我只是當下有點慌張，看到題目這麼難。」

「反正這樣不是很好嗎？妳就拿到一百分了啊。妳媽媽難道沒誇妳嗎？」

誇當然是有誇啊，還誇到都不能再誇了呢。

「我一定要拿一百分才行。」勝者伸直了腰背，抬頭望著天空說。

「不然我媽是不會放過我的。雖然我每天都和我媽唱反調，但其實這個世界上，我最怕的人就是我媽。」所以這句話的意思是說，當你想著必須考一百分時，你就會把書讀好，然後考到一百分囉？

同學們開始上來頂樓了，勝利也在那些同學當中。

「我們走吧。」勝者一看到勝利，便站了起來。

在我看到考試分數之前，我很能理解勝者的行為。雙胞胎之間，如果說一個書讀得很好，另一個卻讀得很糟的話，讀得不好的孩子，

心裡一定會非常抗拒和叛逆的。因為全世界的媽媽們都喜歡拿兄弟姊妹、朋友，還有身邊的所有小孩來做比較。

但沒人被比較的時候會開心的，當聽到勝利在A班也是成績最好的時候，勝者肯定在他媽媽那邊受了不少的苦吧，我的內心甚至開始心疼勝者。所以每次當他在說勝利是瘋子、倒胃口的傢伙時，我也很能理解勝者的心情。

其實他明明書也讀得不錯，為什麼還會那麼討厭勝利呢？難道是因為嫉妒勝利的成績更好嗎？

「話說回來，我很擔心。」我跟在勝者的後面說。

「什麼東西？」勝者回頭看向我。

「就我媽媽啊，因為我數學考一百分，所以她好像覺得我的英文一定也可以考到一百分。我昨天晚餐還吃到這輩子從沒吃過的韓牛烤肉，我媽媽買了滿滿的高級韓牛，我都要暈倒了。」我煩惱的說著。

「媽媽們都這樣，昨天我媽也給我很多零用錢。還說我考一百分辛苦了。我這次英文也必須考一百分才行，不然我媽是絕不會放過我的！看來我媽這次是下定了決心。」

就在勝者說他這次英文一定要考一百分的那一瞬間，我腦海閃過了一道光。這次勝者會不會也把他的答案給我看呢？

「我一定是瘋了，我怎麼會這樣。」我被腦海裡冒出的想法嚇一跳，我趕緊搖搖頭，想把那個想法甩掉。

「妳說誰瘋了？我嗎？」勝者問。

「不，不是啦。」我怎麼會變成這樣？我突然想起到名牌補習班的第二天，在捷運站抄作業的美芝，當時她一邊抄著我的作業，一邊問著我們怎麼會變成這樣。那時美芝的心情，是不是就和我現在一樣呢？

第五節下課，勝者突然衝出教室。看他的表情，並不像要去廁所。「是有什麼事嗎？」我溜到外面去看，但是沒看到勝者往哪個方向跑。

勝者在上課鐘響後回到教室。課都結束之後，勝者一直看著我，不停地抿著嘴唇，好像有什麼話想跟我說。

「你有什麼話要說嗎？」我先開口問了勝者。

「我請妳吃麵包，我們要不要邊吃麵包邊聊？」不知道他是想聊什麼，竟然還要請我吃麵包。但是吃麵包又聊天的話，時間會拉得很長，這樣媽媽可能會擔心我。我也不可能跟媽媽說去找朋友，這樣可能會變得更麻煩。而且

媽媽肯定又會問一堆問題，哪個朋友？朋友成績好嗎？怎麼會跟朋友一起去吃麵包？

「這對妳也很重要。」我還在猶豫的時候，勝者強調地說。

「是出什麼問題了嗎？」我的心一沉，該不會是我抄勝者答案的事被發現了？我不自覺地吞吞口水。

抖。

「一起去吃麵包，要還是不要？」

「走！是什麼事？」當然要去弄清楚，但我害怕得連聲音都在顫

「先去麵包店再聊吧。」勝者背起書包，走在前頭。

我跟著勝者走進麵包店，各種想法一下子全湧上心頭。萬一被發現了……嗯，大不了就從明天起不用再去補習班了。但是媽媽會怎樣呢？而且美芝也會知道這件事，她又會說什麼呢？

「妳要吃什麼麵包？」勝者拿著托盤和夾子問我。

我隨便指了一個，現在根本沒心情吃麵包。

勝者夾兩個可樂餅和波蘿麵包，結帳後和我說「我也跟妳一樣，

必須趕快回家才行，所以我就長話短說了，先吃吧！」

勝者拿一個可樂餅遞來，我接下可樂餅，並咬了一口。我覺得就像在咬橡膠一樣，吃不出任何味道。

「我書讀得並不好，我只是很會背東西而已。」勝者嘴裡嚼著可樂餅，一邊說。

他到底是在說什麼啊？我嘴裡含著可樂餅，呆呆地看著勝者。

「數學考試不是有先給模擬試題嗎？」

「對啊！」

「所以就我叫勝利挑出幾題可能會考的題目，他擁有挑重點的驚人能力。他輕鬆在那麼多的試題裡，選出可能會考的。而且他還自信地掛保證，說他選出的題目一定百分之百會考。我讓勝利幫我把他選出來的題目都算出來，接下來我就努力把全部背起來。因為我背東西的能力可是出奇地好，我當時一邊背一邊想，如果這些全都背起來的話，我至少也能九十分吧。」

我看著勝者，嘴巴張得大大的。

「但勝利那傢伙還真厲害啊！竟然命中率百分百，猜中了所有考題。多虧他，我才考到了一百分。」勝者咧嘴笑了笑。

竟然全都背下來！雖說勝利厲害是厲害，但勝者也真是了不起啊！

「所以你到底想跟我說什麼啊？勝利跑去跟你媽打小報告了

嗎？」我心裡覺得肯定是那樣。

「妳在說什麼啊？勝利怎麼會去打小報告？你誤會了，他不是那種孩子。雖然我整天叫他瘋子、倒胃口的傢伙，但他其實乖到不行。」

勝者的眼睛睜得圓圓的。

如果不是那樣的話那就太好了。

「妳不是說妳這次的英文一定要考好嗎？」勝者壓低了聲音說。

「我這次可是用我的性命拜託勝利幫我的，因為我這次考試如果再沒考好，就要被送去我大哥那裡了。我大哥人在美國，他不像我這麼拼命地讀書，所以我爸媽看不下去了，就把他送到我住在美國的阿姨家去，但我才不要去美國！」

聽起來勝者他們家似乎非常地有錢。也是啦，記得上次才看過他們家的高級名車。

「我可以問你爸是做什麼工作的嗎？」我突然好奇了。

「我爸是法官、我媽是醫師。所以我媽希望我和勝利也可以成為法官、檢察官，或是醫師。嗯，勝利應該是可以實現他們的期望。」勝者說到一半停下來，抬頭望著天花板眨了眨眼睛。

「我必須先把這次考試考好，讓我媽放心。所以我剛剛也拜託了勝利，求他幫忙這次的英文考試。」

「英文不是沒有模擬試題嗎？」

「是啊！沒有模擬試題。所以啊……」勝者用手示意，讓我把耳朵靠近他。

我把耳朵貼近了勝者的臉，他深吸了一口氣後，慢慢地、低聲地說著。

「什麼？」聽完勝者的話，我驚訝得不小心大叫。

「妳小聲一點。」勝者將一根手指放在嘴上。

「妳什麼都不要說，俗話說隔牆有耳。」

我一邊深呼吸，一邊按壓著胸口。大概重複十幾次這個動作後，才稍微冷靜。

「妳會跟著做吧？」勝者問。

「這，這，這個嘛，我也不知道……」

「那妳會裝作不知道的吧？」勝者又問。

這麼大的事，我是能跟誰說？只能裝作不知道啊，我點了點頭。

「不過我希望妳也照我說的去做，這樣我才會比較安心。」

「……」

「妳打算怎麼做？給我個確定的說法吧。」勝者認真地問。

「我，我會照你說的做。」我咬緊牙根回答。

離開麵包店時，天色已經變黑了。比陽光還明亮耀眼的燈火一個個亮了起來，但我的心卻不知為何變得更加灰暗。

當我走下捷運站樓梯時，有個阿姨正在發傳單。我眼睛瞪大看著傳單上印著「寒假特別課程：成為一名廚師」招生年齡也有小學生。

傳單上的廚師端著一盤美味的料理，臉上滿滿的笑容，讓我原本陰沉的心，稍微明亮起來。

寒假特別課程
成為
一名廚師
02-457-5858

說我只是運氣好的那句謊言

才一天不見，美芝就變得削瘦又蒼白，就連嘴唇也明顯地乾裂還帶著血跡。

我想問她是不是生病了，但卻開不了口。那天受到那麼大的衝擊，怎麼可能不生病？心裡不舒服的話，身體也會跟著不舒服。

美芝一看到我，便舉手向我揮了揮，我也朝她揮了揮。她在公車

上只是表情沈重不發一語地望著窗外，我總覺得好像對美芝犯下了不可寬恕的罪。

「妳有讀英文嗎？今天不是要大考？」美芝下車後才開口，她的聲音聽起來很平靜。

我一聽到大考兩個字的瞬間，不禁抖了一下，就像做壞事被逮個正著一樣。

「妳怎麼那麼驚訝？只是問妳有沒有讀書。」

「嗯，就讀了一點點，一點點而已。妳呢？」說話時有種喉嚨被堵住的感覺，呼吸也不太順暢。

「我昨天也讀了一些，我有點擔心，這次英文絕對不能墊底！

妳媽媽打電話給我媽媽，跟我媽媽說這次數學大考我的成績是最後一名。原本補習班只有公佈分數，所以我媽媽並不知道我是最後一名。唉，電話掛斷後，我差點當場被我媽打死！」

我真是受不了我媽！明明她就非常清楚美芝媽媽的個性，美芝媽媽只要一生氣，堪比超強力颱風，她會不分青紅皂白地大吼到她氣消為止。不用親眼所見，我都可以想像美芝被她媽媽修理得有多慘。不過，媽媽是怎麼知道美芝考最後一名的事呢？我沒跟媽媽說啊。對了！捷斯，一定是他告訴媽媽的！

「說實在的，我恨不得馬上擺脫名牌補習班！我那天問我媽媽可以不要再去名牌補習班了嗎？結果我媽媽氣得暴跳如雷，問我是不是免費就隨便讀，結果考最後一名。她還說就算要退出，也要等我考完英文大考才能退出。」美芝垂著肩膀走在前面。

我對美芝感到很抱歉，因為我而受到衝擊還被修理得這麼慘。「我要不要叫勝者也讓美芝一起加入呢？」我冒出了這樣的想法，但是勝者不可能會答應的。而且就算他答應也不可能，因為美芝的座位相隔得太遠了。

英文大考從第二節課開始，第一節課時老師就說了這次的英文大考很難，還說基礎班有很多想投機取巧、隨便應付的同學，因此考試要故意出得很難。英文老師這番話，讓教室縈繞著恐懼的氛圍。

下課時美芝鐵青著一張臉，擔心得不停問著怎麼辦。然而憑我的處境，我也沒餘力安慰她，那股巨大的緊張感，我都快不能呼吸了。

「加油。」勝者小聲地對我說，他嘴巴還微微地顫抖著。說完他便離開教室，而我明明才去過廁所，卻還一直想上廁所，雙腿也不停地發抖。

上課鐘響的同時，勝者也回到教室。不對！是勝利進到教室，平時頭髮整齊的勝利，今天卻像勝者頂了一顆凌亂的鳥巢頭。

從我這方向就能看到勝利那顆大圓痣，他左耳的大圓痣，被襯衫領子巧妙地蓋住，那是我出的主意。勝者會把我拉進這場策謀，不是為了我的成績，而是因為我那可怕的觀察力。在第一次見到勝者和勝利的那天，我一眼就看出了兩人不同的地方，不單只是髮型這種顯而易見的差別來區分。勝利左耳上有一顆痣，而且因為睫毛比較長，所以只要他稍微向下看的角度，就和勝者完全不一樣。除此之外，勝利的下巴比勝者的稍微更細長。之前每次和勝者聊天時，我會有意無意地提到這些我觀察到的。

勝者一定是記得我說過的那些話，然後在心裡想著「啊，看來要騙過如真可不是件容易的事！」他一定有預料到，我一眼就能夠發現大考時，坐我旁邊的不是他而是勝利，所以才會把我也拉進這場策謀中。

也許他之前願意讓我看他的答題紙，也是為了今天這一步所預謀也說不定。總不可能只因為他上課偷畫畫時我幫他說話，就大方把答案給我抄吧？

「妳就是如真吧？」勝利微微側著頭問我。

我輕輕地點了點頭，和勝利對到眼神的那瞬間，感覺有道奇異的光芒噴射出來。

「首先進行聽力測驗，這裡有五題！仔細聽完後再作答。」老師一邊發考卷，一邊說。

「咕嘟。」我被自己吞口水的聲音嚇一跳，握著的鉛筆也嚇到掉下來。我撿起筆後不停地轉，努力讓自己不要那麼緊張。

勝利非常地冷靜，他在聽注意事項時直視著老師，接下考卷時也絲毫沒心虛發抖。

教室裡正播放著一段英文音檔，音檔裡女人說的英文，和老師那奶油般滑溜的發音一模一樣。音檔裡的話都還沒說完，勝利就開始動筆寫下答案了，看來基礎班的考題根本小菜一碟！他的手動得非常迅速、流暢。

勝利寫完答案後便移開手肘，並把答題紙朝我的方向推過來。我一邊觀察著老師的眼色，一邊快速地抄下答案。

聽力測驗的五題中，我抄了三題。剩下的兩題因為老師一直盯著這裡，所以我不敢抄，還好那兩題都是我會的題目。

除了聽力測驗外的其他題目雖然也都很難，但還不至於寫不出來。再怎麼說，我的英文和國語可是我們班上數一數二好的。

我本來自信滿滿地寫著考題，但中間卻被幾題卡住了。有四題讓我很不確定，勝利一直抬著手肘，讓我可以看到答題紙。我把那四題

不確定的答案也抄了下來。

考試終於結束了，我的掌心滿滿都是汗，後背也濕漉漉的。

下課鐘一響，勝利就離開教室。他那若無其事的走路方式和態度，簡直就和勝者一模一樣。

「如真啊。」當老師收走答題紙一走出教室，美芝就走過來。她的表情很開朗，看來她這次考得很不錯。

「這次的考試算簡單吧？我本來因為老師說考很難，還很擔心。」美芝的聲音聽起來輕盈得像要飛起來。

「那很棒啊。」我努力想對美芝微笑。然而我的嘴卻彷彿被凍住似地，動彈不得。

「妳應該也考得不錯吧？如真本來就很擅長英文，一定也考得很好。」美芝說。

「還，還可以。」我吞吞吐吐地說。

「那也很棒啊！呵呵呵。」好久沒有看到美芝笑得那麼開懷了，但看她笑得愈是燦爛，我的心就愈加沈重。

勝者過一會走了過來，他今天的髮型和平常不同，但我太緊張了，沒辦法徹底發揮我那厲害的眼力。勝者頭上連一點鳥巢的痕跡都沒有，像這樣把髮型用得不一樣的點子，是勝利和勝者中誰出的主意呢？

老師的性格非常急，下午的數學課都還沒結束，英文的大考成績就公佈了。

同學們一窩蜂地跑去看成績，勝者卻一動也不動地坐著。

「我們也去看看吧。」美芝拉著我，雖然我不想去，還是無可奈何地被她拉去。

美芝站在最後面，踮腳望著佈告欄，而我完全沒勇氣看。

「都考得不錯吧？」這時，捷斯突然出現了。他身穿黑色皮夾克，頭髮用髮膠梳到到後面，露出他寬闊的額頭。不知道是不是因為他額頭整個露出來的關係，他的眼睛看起來更小了。

「我來看一下。」捷斯伸長脖子，盯著佈告欄。

「喔吼，這麼好的實力，只上一個月真可惜了呢。」捷斯吹了一聲口哨，然後看向我並拍我的肩膀。

接著又看看佈告欄，捷斯這次拍了拍美芝的肩膀說「要再更加油努力呀。」

美芝這次英文考七十九分，她變得悶悶不樂的，此刻的她和不久前開心到要飛起來的樣子，簡直判若兩人。

名牌補習班的考題可不是好應付的，看似簡單的問題仔細一看，又變得令人捉模不透。許多題目都像彎彎繞繞的麻花，曲折又複雜。美芝把這些複雜的題目看得太單純了，她可能只看一眼題目就馬上作

佈告欄
讓英文
變好的方法!!
英文大考分數
本月推
讓頭腦變好

答了。

勝者考一百分，我當然也是一百分。

美芝像失了魂一樣呆站在原地，就在這時勝利下樓了，他手插著口袋，快速地掃了一眼佈告欄後就轉身走了。

「看完分數了。」我進教室後喃喃自語的坐下，但那其實是對勝者說的話。

「幾分？」勝者也喃喃自語似地問。

「一百分。」

「不用看也知道。」勝者知道一百分後，鬆了一口氣。

在回家的捷運上，美芝忍不住放聲大哭了起來。

「我可能是笨蛋吧。」美芝不管周圍有沒有人在看她，眼淚不停地往下流。

我應該要說些什麼安慰她的，但我完全想不到該說什麼話。

「那裡考試本來就很困難！那些題目根本不是五年級的程度！」

我好不容易才想出了這句安慰的話。

「但是妳考到了一百分啊。」

「那，那只是我運氣好啦！我也有六題很不確定，甚至覺得反正一定會錯，乾脆就隨便寫一寫，沒想到猜對了。妳也知道我在學校就There稱英文之神，如果符合五年級程度的，不可能有六題是我不會的。」

這一看就是高於五年級程度，根本是給國中生寫的。」

「妳是在取笑我嗎？仗著妳考一百分，在取笑我考七十九分？」美芝突然瞪著我，講完後頭也不回地離開。

我一時說不出話，要不是抄勝利的答案，不然我可能就是八十分了。

媽媽開始工作

一個月過去了、寒假也結束，接著進入二月，迎來了春假。然而，我並沒有離開名牌補習班，我依然在那裡上課。

為了供我在名牌補習班上課，媽媽找了工作，地點在我們家附近的超市，是負責收銀結帳的工作。奶奶強烈反對媽媽去工作，因為這關係到由誰來做家務。奶奶說她膝蓋痛，所以做不了，甚至還使出情緒勒索，說一旦媽媽在超市工作，我們就只能等著餓死。爸爸也不希

望媽媽去工作，但她的決心堅如磐石，任何人都改變不了她的決心。

原本彷彿漂浮在寧靜海面上的我們家，因為我的過錯，瞬間像是被巨浪席捲，產生劇烈的變化。

這間位於韓國一等學區的頂尖補習班，我的英文和數學就雙雙考了一百分，所以在媽媽眼裡，我就像是個被埋沒許久，終於被挖掘的寶石。

媽媽接到捷斯電話那天，她甚至還感激得流下眼淚。捷斯說我應該可以升到三樓的班級，媽媽說如果我真的升上去的話，她無論如何都會繼續送我去補習班上課的。

最初來名牌補習班上課時，我和媽媽連做夢都想不到會有如此轉變。雖然媽媽當時好像說過，如果上得還不錯，會讓我繼續上，但當時那句話就只是隨口說說的期望而已。然而，誰都沒料到隨口說說的期望竟成真了。

「妳根本就被騙了！說什麼免費上課一個月，仔細想想那根本是誘餌。先假裝免費最後再想辦法讓妳一直上下去！那個捷什麼的，他可真是會精打細算的生意人啊！別上當啦，孩子的媽。」奶奶一直強調媽媽被騙了。

奶奶不停試著說服媽媽，說學習不就都那樣嗎？補習班根本都相差不了多少，真有那麼厲害的話，就去當總統啊，當什麼補習班老師啊之類的話。

媽媽和奶奶彼此不說話好幾天。最後媽媽贏了，她打電話給美芝媽媽，炫耀似地說找到一份超市收銀結帳的工作。

「是啊，那當然。我也知道很辛苦。但是我必須讓如真繼續在名牌補習班上課才行。」接著媽媽把和捷斯通話時說的內容，一字不漏地全說給美芝媽媽聽。

媽媽電話才一掛斷，就馬上說「怎麼辦？美芝媽媽好像哭了。」今天換成我是美芝媽媽，在這情況下我也一樣會哭。因為媽媽的炫耀，根本要衝破天際了，我在旁邊聽都覺得有點太過份了。

我以為美芝百分之百會離開補習班，但是她並沒有離開。原本照這情況，美芝肯定會又哭又鬧吵著要離開。然而，她的牛脾氣終究無法贏過她媽媽，美芝脾氣還算不錯，最後還是繼續來基礎班上課。雖然她有點散漫，做事也不講究，但她的自尊心很強，可想而知這樣安排多傷美芝的自尊。

媽媽請捷斯把我分到A班，那是醫師班，班上的同學以後的夢想都是想成為醫師。記得媽媽之前要我以後當大學教授的，現在卻突然改變要把我分到醫師班。勝者也是分進A班。

居然把我分到醫師班，我從來都沒有想成為醫師的念頭，那是很可怕的職業。病人會在你眼前死去，還有必須幫渾身是血的人做手術，那真是一件很恐怖的事。像我膽子這麼小，是絕對不可能做這個職業的！但我竟然分進醫師班。

但我也不能說我要去A1班，那是司法班，班上都是想成為司法專業人士的同學們，司法專業人士指的是檢察官、法官，還有律師。我從沒想過要當醫師，更沒想過要當檢察官、法官和律師。

A2班是留學班，是為想出國留學的同學所開設的班級。這個班是比起醫師班和司法班，還更不適合我的班級。即便如此我也去不了A3班，那是專為夢想成為外交官的同學所準備的班，他們不只要上英文課和數學課，甚至還必須學習中文。

我怎麼會變成這樣？我反覆思索著進入名牌補習班的第二天，美芝在捷運站一邊抄著我的作業時說過的話。我到底是怎麼變成這樣的呢？作弊讓我就像被巨浪帶到一個意想不到的地方。即便我想回頭，卻也不是條簡單的路，我還沒勇氣告訴媽媽實話。

這一切都要怪數學老師！都怪她當初叫我換到勝者旁邊。如果我沒認識勝者，這一切就不會發生。爸爸也要負責！如果他沒成為傑出員工，我們就不會遇到捷斯，更不可能會來到名牌補習班。

就這樣，我莫名其妙地進入名牌補習班的A班。在進來之前，我從來沒來過名牌補習班所在的這區。我只有在電視上看過新聞，說這區的小學生們勤學苦讀，都靠喝咖啡抵抗睡意。而我此時此刻就站在這裡，雖然媽媽不停地說好像在做夢，開心得不得了，但我卻開心不起來。如果這是一場夢，那我希望能夠快點醒過來。

「啊。」我閉上眼搖搖頭，我的頭從睡醒的那一刻起，就開始痛了。到補習班後，頭痛的情況也沒改善。

「妳在做什麼啊？妳安靜一點，沒看到我在讀書嗎？」坐在旁邊的同學冷冷地問我。綁著一對雙馬尾的她，說話的口氣讓我就像被一股寒風掃過。

她的桌上放了筆記本，上面的名字寫著朴雪利。她正在讀一本又厚字又小的英文書，我怎麼看都覺得那是給大學生看的書，朴雪利一邊摳著嘴旁的青春痘，一邊全神貫注地看書。

A班的第一節是英文課，朴雪利把原本看的書闔上，拿出課本，我也把昨天剛收到的課本拿出來。雖然提早拿到課本，但我沒有先看，因為不知道為什麼，總覺得有點恐懼。

「哦？」看到英文老師走進教室的那一刻，我嚇了一大跳，是捷斯！

「A班二月的特訓都由我來帶領，很開心見到大家。」捷斯扶著講桌的兩側邊緣笑著說。

我可真是徹底落入了捷斯的手掌心，從現在起關於我的所有事情，通通都會透過捷斯傳入媽媽的耳裡。

「再過一個月後你們就要升上六年級了！這個月我們主要複習這陣子學過的內容，這些內容不會很難。等升上六年級後，大家才要真正開始面臨考驗。」

真正開始這四個字傳入我的耳朵，這句話難道是在說我目前為止所經歷的一切，全都是假的嗎?也就是說，我根本還沒見過名牌補習班的真實面貌呢!

「羅如真。」捷斯突然叫了我的名字，我下意識地跳了起來。

「不用站起來沒關係，妳能不能唸一下第一頁，並解釋意思？」捷斯用柔和的眼神看著我說。

我小心翼翼地翻開書，看到課本內容那瞬間，我的神智突然恍惚了起來——整頁英文字母排列得如此緊密，以至於看不見任何空白之處。我不過才瞥一眼，就看到一大堆生平第一次見到的單字。

「這可是我們補習班才有的教材，是我自己親手整理的。」捷斯自豪地說。

「羅如真！」捷斯又叫一次我的名字，催促我快點唸。

我只是盯著書本看，接著一陣鼻酸，我的眼淚一下從眼眶裡湧了出來。

「妳怎麼了？」捷斯問。

「老師。」就在這時勝者舉手。

「如真說她從昨天就喉嚨痛得很厲害，連話都說不了。」勝者說。

「是嗎？痛到連書都不能唸嗎？」捷斯皺著眉頭問。

「她說不了話，喉嚨沙啞了。」勝者替我回答。

「這樣啊，那朴雪利要不要唸一下並解釋？」捷斯看著朴雪利。

朴雪利流暢地唸著課文，她的發音……和我的發音完全不一樣。簡直跟英文老師唸的一樣，不對，是像美國人在唸。她接著解釋剛才唸過的部分，聲音就和唸課文時一樣沈穩。

「嗯，朴雪利在美國生活很長的時間，所以發音非常好呢。」捷斯稱讚了朴雪利。

唸課文和解釋意思都很完美的朴雪利坐直了身體，然後朝我瞥了一眼。我感到坐立難安，椅子上就像長出了尖銳的刺。我連頭都不敢抬，生怕對上朴雪利的眼睛。我覺得自己越來越渺小。感覺就像成了一粒微不足道的渺小塵埃。

「現在發下去的講義，回家把意思弄清楚，明天帶來要考試。」捷斯邊說邊把講義發下來，每人兩張，那講義密密麻麻地印滿了小小的字。

今天比一千年還漫長，課程都結束後，我收著書包，突然一陣悲傷襲來。我對媽媽很抱歉，都是因為我，此刻的她正在超市的收銀台前工作，我真的覺得好對不起媽媽。

我拖著疲累的步伐走下樓梯，看到美芝在前面，我舉起手叫她，美芝回頭瞥了我一眼，接著便轉身開門走出去。

我能理解裝作沒看到我的美芝，今天如果換成是我，我應該也會那樣做。我有氣無力地走朝著捷運站的方向走去，路上一位阿姨發給我一張傳單。

「前二十位報名者，享整月免費。」戴著口罩的阿姨大聲地說。這是上次烹飪學院的傳單，上面印著參觀就免費贈送料理食譜。

「免費贈送料理食譜？」我仔細看著傳單上的草繪地圖，看起來距離名牌補習班並不遠。等我回過神來，我的雙腳已經朝著烹飪學院的方向走去。

名牌補習班裡沒有資優班那種東西

我排隊拿到一本免費的料理食譜，也許因為免費的關係，裡面的照片都是黑白的，真是太令人失望了。接著我走到學院裡，隨手拿起一本在諮詢處旁邊的書。

「哇！」這才是我夢想中的書，彩色印刷的書讓食物色澤被真實呈現出來，光是看著就讓人食指大動。那些步驟照片清楚到好像跟著做就能把料理做出來，只不過裡面不是韓文。書裡參雜了一大堆漢字，

好多都是我第一次見到的文字，那些文字旁邊還寫著英文。

「我可以拿這本嗎？」我問了那個看起來像工作人員的人。

「夾在那裡的書籍是要販售的。」

當我看到價錢，知道竟然要一萬兩千韓圓，嚇得趕緊把書擺回原位。

從烹飪學院出來後，走回捷運站的路上，我又不自覺地回頭看了好幾眼，因為我有一股遺憾的感覺，無法瀟灑地離開。所以我又向烹飪學院奔去，就算把我整個星期的零用錢全都砸下去買書，我也活得下去。不過就一個星期，沒零用錢也沒差。

「請給我這本。」我拿出了整齊收在書包裡的錢。當我將食譜抱在懷裡走出來時，臉上不由自主地露出了笑容，感覺就像和好朋友一起牽著手走回家一樣。

到家時媽媽還沒下班，爸爸今天特別早回家，正在吃晚飯。

「哎呀，妳天還沒亮就出門，現在才回來。妳一定餓了吧？趕快去洗手來吃飯吧！天啊，現在都幾點了。那個什麼牌補習班的，也太逼人了吧。」奶奶之前還跟媽媽槓上，說她絕不做家事。然而那堅決反抗的奶奶今天卻做了晚飯。

「會不會很累啊？」我剛在餐桌前坐了下來，爸爸便問。

韓國人的萬能
料理

「當然累啊，怎麼會不累。光一大早舟車勞頓就夠累的了。」奶奶替我回答。

「聽媽媽說妳上了A班，A班是資優班嗎？」爸爸一邊把煎蛋捲放到我的飯上一邊問。

「喂，你沒聽孩子的媽說嗎？那個什麼牌補習班的，他們沒有所謂的資優班，而是什麼醫師班、留學班之類的。」奶奶又再一次替我回答。

「是嗎？」爸爸好像第一次聽到一樣，非常地驚訝。

「現在都是這樣幫升小六的孩子們分班的嗎？為什麼？」

「你是在問我嗎？我怎麼會知道為什麼啊。那個什麼名牌補習班，又不是我開的！咦，等一下！如真啊，A班是什麼班啊？」奶奶舀完湯，轉頭看我一眼。

「醫師班。」

「我的天，妳要當醫師？真是太意外了！不是吧，要一個光是看到蚯蚓都會嚇到抖個不停的孩子當醫師？唉喲喂呀，這跟我以前想讓有懼高症的尚喜當空服員，簡直一模一樣。」奶奶一邊嘖嘖地咂著舌，一邊盛一大碗湯放到我面前。

「如真妳以後想成為醫師嗎？」爸爸驚訝的問。

「唉，真是的！並不是如真想當醫師，是她媽媽——崔賢月女士為了讓她女兒羅如真能夠成為一位醫師，現在還在超市收銀台前認真地工作，幫客人結帳呢！」奶奶激動地大喊。

「爸爸覺得如真比起理科，似乎更適合走文科。當然，隨著妳的成長，妳擅長的或想要的東西都有可能會改變。才國小而已，就這樣定下來，確實是有點……」

「我都要氣死了！喂，這位羅秉勳先生！」奶奶用勺子敲了敲餐桌。

「啊？」爸爸推了推眼鏡，並看向奶奶。

「我剛才講的話你都聽到哪裡去了？就說了不是羅如真想要，是崔賢月想要！所以說這整件事情，就是如真的媽媽，羅秉勳的妻子──崔賢月女士下的決定。」奶奶握著拳頭，用力地捶著胸口，火冒

三丈地說。

「啊，好的。」爸爸不再多說，開始默默吃著飯。

「如果孩子可以讓父母隨心所欲地去雕塑的話，那該有多好啊！想捏正方形就捏成正方形，想捏三角形就捏成三角形，想捏圓形就捏成圓形。如果真的可以這樣的話，人生就再完美不過了。但問題就是父母沒辦法那樣做！如真啊，趕快把飯吃一吃，去洗澡睡覺吧！妳一定累壞了。」

如果可以吃完飯就去洗澡睡覺的話，那該有多好。我都還不知道今晚能不能上得了床呢？我的作業多到都可以堆成一座山了。

當我吃飽飯，正在洗澡時，媽媽回來了。

「怎麼每個從外頭走進家門的人，臉色都難看成這樣啊。孩子的媽，妳的臉消瘦到只剩下一半了。」奶奶一看到媽媽，就嘖嘖地咂舌。

「我的臉哪有怎樣？如真回來了？」媽媽冷冷地回應奶奶，並叫了我的名字。

「如真在洗澡。妳去照照鏡子，看看妳的臉是什麼樣子。妳是因為連續好幾天幫客人結帳太累了嗎？整張臉都長滿了皺紋。」

「啊？皺紋嗎？」媽媽的聲音越變越大聲，接著浴室的門砰地一聲被打開。媽媽不管三七二十一地衝進浴室開始照鏡子。她把臉三百六十五度轉過一遍，下巴也提起來看一看，眼角也摸一摸，整個人愁眉苦臉。

「眼睛周圍都長了很深的皺紋啊！妳看看妳的額頭，看起來好像額頭上掛了四五條蚯蚓一樣。」奶奶站在浴室門邊說個不停。

「阿娘喂，又是做飯又是洗衣服的，搞得我每個關節都好痠痛啊！我要去睡覺了。」奶奶把媽媽惹怒後，便回去自己的房間。

「媽到底是想怎樣？她說那些話的意思是恨不得我長了滿臉皺紋是嗎？」媽媽的表情看起來不高興到了極點。

「啊，對了！如真啊，今天在補習班還好嗎？今天一整天，媽媽都在好奇名牌補習班的A班是什麼樣子的。」媽媽一把抓起我的手問。

「英文老師是捷斯。」

「哦，真的嗎？那媽媽就可以完全放心了。」媽媽拍打著膝蓋，開心得不得了。

「英文課超級難的。」

「那當然啦！聽說那個補習班都是那樣的。」媽媽很興奮。

「班上的同學怎麼樣？」

「坐我隔壁的同學之前在美國生活過，她的英文發音非常好。」

「啊，那妳要跟人家打好關係。」媽媽沒完沒了地問個不停。

「媽，我現在很忙。我還有數學和英文作業要寫。」我好想馬上衝出浴室，不對，我是想逃離媽媽。

「好，好，趕快去做作業！如果有不認識的英文單字就上網查。」

媽媽用毛巾擦乾我臉上的水，並推了推我的背。

「不用！爸爸有買給我一本字典，用那個查單字比較好玩。」我走進房間，打開書包並拿出作業。

「啊，對了。」我把新買的食譜也拿出來。

「是雞肉料理。」我盯著油亮亮、令人食指大動的雞肉料理圖片。那隻雞看起來好像用烤箱烤過或油炸過，上面還淋了一層棕色醬汁，撒上像是杏仁粉之類的東西。

「這是烤出來的，還是炸出來的呢？」我很好奇，所以決定閱讀圖片旁邊的英文說明。我翻找英文字典，急的時候就上網查。

「嗯，兩百六十度的高溫烤二十分鐘，然後塗奶油……」我沈浸在那道雞肉料理中，感覺就好像真的在料理食物一樣有趣。

雞肉料理結束後，下個章節是我最喜歡的可樂餅。將馬鈴薯、胡蘿蔔等各式各樣的食材混合，這個部分的做法，和其他的可樂餅並沒有什麼不一樣。真正特別的地方是，蟹肉和魚肉並不是先剁碎，再加到裡面去，而是一整塊直接放進去。這樣在吃的時候，更能夠品嚐到整個食材的味道。我想如果在這些可樂餅裡加入一些非常辣的青陽辣椒，應該也會很好吃。

「如果加了青陽辣椒，味道會變得怎麼樣呢？」我好奇得不得了。

「好想要直接動手做做看喔。」他們說可以免費上課一個月，如果是真的免費的話，我也好想要報名參加。

我一邊查字典，一邊一頁頁地仔細閱讀著食譜「呃？糟了！」讀完整本食譜後，我看一眼時鐘，竟然已經凌晨一點鐘了。

「啊，作業！」我這時才想起作業，我沈迷在料食譜裡好幾個鐘頭，把作業的事都忘光了。

我趕緊從英文作業開始做起，內容是和發明飛機有關的故事，非常無聊乏味。單字都很難，很多意思我也都弄不清楚。

「這樣下去，數學作業都不用做了。」我把英文作業推到一旁，接著開始寫數學作業。但那些題目不管我怎麼解，就是看不到盡頭。

「還是要先寫英文作業？」我把解到一半的數學擺到旁邊，並再次做起英文作業。寫英文作業時，心裡擔心著數學作業，而寫數學作業時，心裡又擔心著英文作業。

就這樣一陣混亂下來，已經凌晨三點鐘了。我感覺好像有人在拉我的眼皮，不論我怎麼使力，想要把眼睛睜開，還是一點用也沒有。

哐！我用頭撞到書桌，撞了超過十二次。

「唉呀，不管了。」我直接躺到床上，很快地便昏睡過去。

等我睜開眼睛時，窗外一片明亮「呃啊！遲到了，遲到了。」我像個彈簧一樣跳起來，都要六點了。

噠噠達噠。從床上跳下來時，我重心不穩的一頭栽在地上，腳趾還踢到床緣，痛得像骨頭要斷掉一樣。媽媽到底怎麼了？竟然沒叫我起床，我一把拉開房間的門，朝浴室衝去。

「今天全家都在賴床啊？」奶奶從廚房裡走了出來。

「媽媽呢？為什麼沒有叫我起床？」我一邊大喊，一邊跑進浴室，隨便洗了把臉後，就趕快跑出來，回到房間把攤在桌上的數學課本和英文課本一把塞進書包裡。奶奶也幫我把便當放進書包，我背起書包準備出門，我的腳趾卻依然疼痛不已。低頭一看地板上四處都印著血跡，我的腳指甲竟然有一半掉了下來，掛在腳趾上晃來晃去。

丟臉

今天考了英文考試，捷斯說考題很簡單，他說這次就當作是延伸和驗收昨天的作業。他還叫我們不要太擔心，沒什麼困難的。但這根本就是個天大的謊言，考題非常難！

中午的時候，勝者走來我的座位問「妳今天有帶便當嗎？」

因為考砸了，我連吃飯的心情都沒有，我拍了拍我的書包，意思是叫勝者自己去看，他便打開書包，並把便當拿了出來。

「我們到頂樓去吧。」勝者的心情非常好，他今天考試考得很好嗎？為什麼心情這麼好？他該不會又抄了勝利的答案？我瞬間恍然大悟。

勝者和勝利雖然不是同桌，但彼此的座位就在旁邊。雖然他們的座位之間隔了一小段距離，但只要他們想，還是可以看到彼此的答案。

「哦，今天不是飯糰耶？」到了頂樓，勝者打開便當的蓋子並說。便當裡裝了白飯、炒魷魚絲、煎蛋捲，還有炒泡菜。

「啊，對了。今天是奶奶幫我準備的便當！」我這時才想到。

「真的好好吃喔。」勝者開始狼吞虎嚥地吃了起來。明明是有錢人家的孩子，卻每天像個乞丐，狼吞虎嚥地吃東西。他家裡那麼有錢，照理說應該可以吃到很多山珍海味才對，總之白勝者這個人還有很多值得研究的地方。

「妳為什麼不吃啊？」勝者問我。

「你多吃點吧。」我現在根本沒心情吃飯，我有氣無力地回答。

我不發一語地坐著，直到勝者把飯吃完。就在他放下湯匙的那瞬間，我用力地咬了咬下唇，接著走到勝者的面前。

「怎麼樣？什麼事嗎？」勝者一邊用手背擦去他嘴角沾到的紅色痕跡，一邊問。

「今天英文考試。」

「嗯，英文考試。」勝者去買了一罐販賣機裡的可樂，大口大口地喝了起來。

「你考得怎麼樣？」我口氣不耐煩。

「不知道！要等發下來才知道。」勝者喝完可樂後，冷冷地回答。

從他的表情看來充滿了擔心，他似乎考得並沒有很好。可是……那他吃飯前怎麼那麼開心啊？我的腦子好混亂！

「你沒考好嗎？」而我真正的內心話是「你有看勝利的答案嗎？」我很想要這麼問，但我無法直接地問出口。

「不知道！要等發下來才知道。」勝者和剛才回答得一模一樣。接著他說了一句他吃飽了，就離開頂樓了。勝者離開後，我一個人愣愣地坐在頂樓的椅子上，過沒多久，勝利上來頂樓，走到販賣機前買了咖啡。

勝利一小口、一小口秀氣地喝著咖啡，接著他向我走過來。我緊張得把身體挺得直直的，他走過來要跟我說什麼？我沒有和勝利說過話啊，除了那次在基礎班考試時，短短地說了幾句話之外。

「勝者吃午餐了嗎？」勝利問。

「嗯？吃了！吃了我的便當。」我沒想到勝利會問我這問題。我以為他會問我跟考試有關的事，雖然當下鬆了一口氣，卻也有點不知所措。

「看來妳的便當很好吃。」勝利又繼續說著我預期之外的話。

「妳要喝一點嗎？」接著，他突然把他喝過的咖啡遞到我面前。

「不，不用了，我不喝咖啡。」

「是喔？」勝利聳聳肩，他似乎想說些什麼，猶豫一下後，便轉身走了。

當我從頂樓下來，走進教室的那刻，我才深深體悟到，勝者比勝利更倒人胃口。

捷斯把這次的考試說得很簡單，說什麼就只是作業的延伸和驗收。然而被他說得這麼不重要的考試，卻在短短幾小時內就把成績貼到佈告欄上了。而且還不是貼在三樓的佈告欄，而是任何進出補習班的人都可以看得見的一樓佈告欄。

我一進到教室，同學都在討論成績已經貼在佈告欄上的事。我看了看勝者的座位，他不在位子上。我沒勇氣去看成績，我直接走回位子上坐好。

「妳不去看成績嗎？一樓的佈告欄已經貼出考試的成績了。」朴雪利說。竟然連平時不怎麼說話，對別人的事也毫無關心的朴雪利都這樣說，我更坐不住了。

我帶著被朴雪利逼迫的心情下去了一樓，好多同學都擠在佈告欄前。我咬緊下唇，慢慢地走近佈告欄，我的雙腿都在發抖。

白勝利的名字最先映入了我的眼簾，是一百分。砰！白勝利的名字下面就是白勝者，我一看到白勝者的成績，我的腦袋便冒出了砰的一聲。那感覺就像有人用重物砸了我的頭，我變得神智不清了，勝者竟然考了一百分。竟然！

我愣了好一會兒才總算回過神來。白勝者！根本是個叛徒！他怎麼可以這樣，我依然沒有勇氣看自己的成績。我猶豫不決了一段時間後，才慢慢地找到自己的名字。

羅如真五十六分，從我開始上學以來，我從沒考過那種分數！而且還是英文，羅如真可是在學校被稱作英文之神的人，怎麼可能會發生這種事。

「白勝者！」我雙手握拳不停地發抖。這全都怪勝者，我站在佈告欄前瑟瑟發抖了許久，才走回教室。

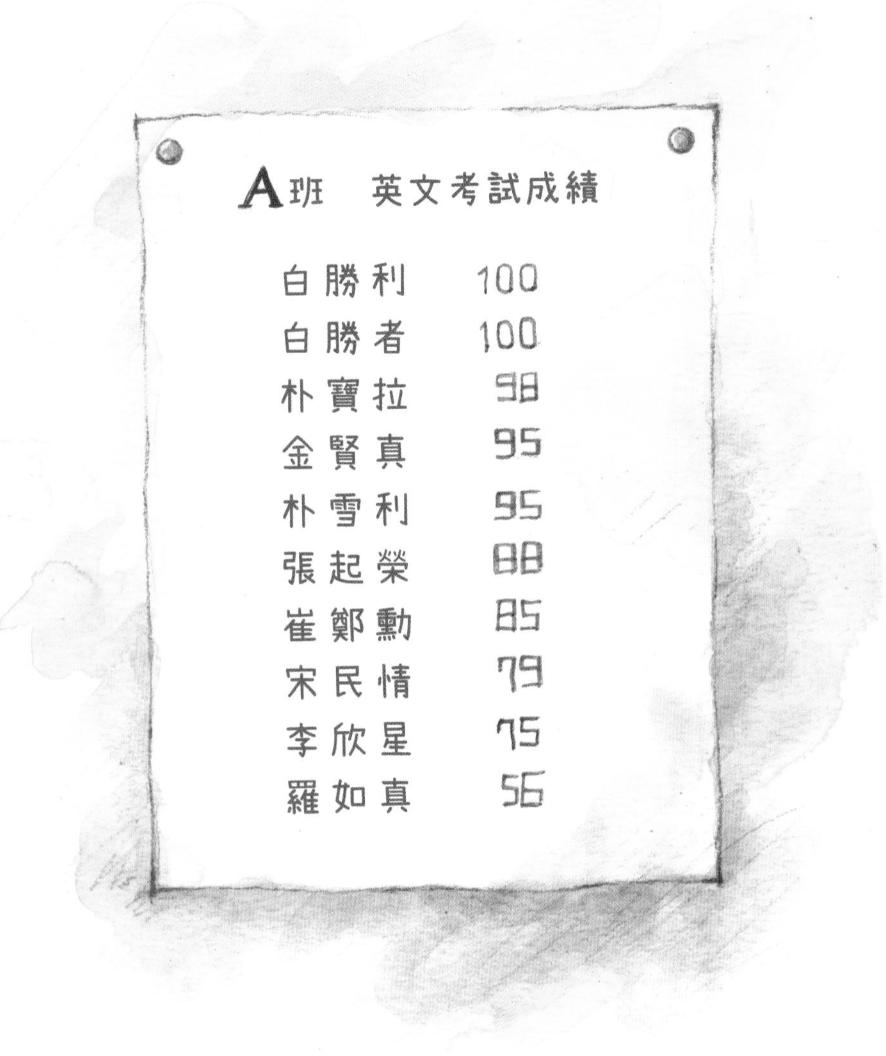
A班 英文考試成績
白勝利 100
白勝者 100
朴寶拉 98
金賢真 95
朴雪利 95
張起榮 88
崔鄭勳 85
宋民情 79
李欣星 75
羅如真 56

「看完成績了？」朴雪利一看到我就馬上問。什麼嘛，她明明就知道我的成績，還故意要我去確認。還有她那個眼神！彷彿在對我說真是沒救了，讓我覺得自尊心大受打擊。

「妳怎麼那樣看我？」朴雪利又問，她的聲音聽起來也酸溜溜的。

我好不容易才忍下了揍朴雪利一拳的衝動，收拾好包包後頭也不回地走出教室。

「羅如真，妳去哪？」走到樓梯間時，我遇到了勝者，這個叛徒，我去哪跟你有什麼關係啊？我朝勝者翻了個白眼便走下樓梯。

走到二樓時，我越想越氣再也忍不住了。於是我再次跑上三樓。

「喂，朴雪利。」我抬頭挺胸地站在她前面。

「妳以為我是笨蛋，所以才考那個分數的嗎？妳少瞧不起人了，妳從出生到現在，就只會死讀書吧？根本和書呆子沒兩樣，妳除了讀書外，還做過什麼？除了讀書外，妳知道自己還會什麼嗎？妳有其他擅長的

事嗎?沒有吧?喂!一個每天一睜開眼,就只會讀書的孩子,考一百分有什麼值得驕傲的?如果我每天從睡醒、睜開眼的那一刻就都一直在讀書的話,我當然也可以考一百分啊!但是我除了讀書以外,還有很多想做的事!我可是有擅長的事情的!我不只讀書,還很享受做自己擅長的事情,妳懂嗎?」我大吼大叫,根本不知道自己在說些什麼,內容亂七八糟,語句的頭尾似乎都對不起來,但如果不發洩出來,我覺得我會被活活氣死。

朴雪利的眼神,我應該永遠都不會忘記。

「如真。妳怎麼啦?」勝者嚇得過來拉住我的手臂。

「放開!」我甩開勝者的手,然後頭也不回地離開教室。

我在二樓遇到美芝，她也看到我的成績了嗎？一想到她可能也看到我的成績，我感到既傷自尊心又生氣。美芝看到我後，露出了驚訝的表情，但她隨即裝作一副不認識我的樣子。

我坐在捷運站的椅子上嚎啕大哭，起初是因為太傷自尊心而哭。哭著哭著突然覺得在捷運站裡哭的自己好可憐，於是又哭得更傷心了。等我哭完，發現路過的人們都在看我。這一次，我因為覺得太丟臉，眼淚又忍不住流了出來。

徹底大哭完後，我開始擔心了起來。現在距離回家時間還很長，如果現在回家的話，奶奶一定會嚇一跳，並打電話給媽媽，這樣事情一定會鬧大。

我從捷運站走出來，苦惱著該去哪裡，便朝著烹飪學院的方向走去。我站在烹飪學院外面，偷偷地瞄著裡面好一陣子後，終於鼓起勇氣走進去。

「我看到宣傳單上寫說可以免費學烹飪，所以我就來看一看。」我對服務台的工作人員說。

「嗯，二十分鐘後有一個國小班！妳到時候進去那班就可以了。妳先寫一下這個。」工作人員遞給了我一張紙。這是一張讓我填寫地址、姓名，還有學年級的表單，就連媽媽和爸爸的電話也都要填寫。

我寫完後，看了看工作人員「可以免費上一個月的課，對嗎？」

「嗯，一個月免費。」工作人員笑容滿面地回答。

「我有件事情想先說清楚，我只會上一個月的課程。也就是說一個月後，我就不會繼續上課了。」我堅定地說。

「好的！可是說不定上了課之後，會覺得烹飪很好玩，或是發現自己原來很有烹飪的天賦，就會想要繼續上下去了。電視上那些知名的大廚，也是發現了自己的天賦之後，認真努力地學習，才成為有名的廚師。」

「我只會上一個月！因為我沒錢，我付不出烹飪學院的學費。」

我想要先把話說清楚。

我並不是因為想變得有名，才喜歡做料理的。我只是單純地喜歡料理，來學院上課是因為它是免費的，對，因為是免費的。但是就算以後沒去學院上課了，我也不會放棄想要成為廚師的心。不，即使發生一些難過的事情，使我無法成為一名廚師，我也會繼續做料理的。

「好的，知道了。那妳先繳一週的費用三萬韓圓吧。」工作人員一邊說，一邊打量著我填寫的表單。

「三萬嗎？不是說免費嗎？」

「是啊，課程免費。但妳總得交材料費吧？要做料理的話，就會需要材料啊，不可能連材料都免費提供吧。」這，太不像話了吧。奶奶說的都是真的，這個世界上沒有免費的東西。

飯糰的錢

　　就在這個時候，一隻手悄悄地伸到了我面前。那隻手拿著三張一萬韓圓的鈔票。這叛徒竟然還偷偷跟著我。勝者說他從我跑出補習班的時候，就一直跟在我的後面。甚至還把自己的書包也一起背了出來。

「那你也知道我在捷運站裡做了什麼事情囉？」我小心翼翼地問。

「當然知道啊。」啊，真是有夠丟臉的，太傷自尊心了。

「難過的時候，就是要哭出來啊！哭是最好的方法，我生氣的

時候也會哭，有時候還哭到家裡都淹大洪水了，哭完後心情就會好很多。」勝者說他要幫我出三萬的材料費，我斷然地拒絕了他。

不管發生什麼事，我都不想接受叛徒的幫助。我雖然糊里糊塗地進了A班，但我還不至於糊塗一世。

「妳就當作是我的飯錢。」勝者說。

「我之前不是一直偷吃妳的飯盒嗎？妳就當作是我付給妳的飯錢吧！這個世界上哪裡有免費的東西？」

噗！聽著勝者說的話，我不知不覺地笑出來。原來勝者也知道奶奶的那句名言啊！我決定收下勝者給我的三萬韓圓。

「我可以做好吃的東西給你吃！他們說可以把做好的料理帶走，

因為材料是自費的，你好好期待一下吧！」

勝者沒有說話，而是豎起了一根大拇指。

「可是你要等我一個半小時啊？你不會很無聊嗎？」我一邊進到烹飪教室，一邊擔心勝者。

「沒關係！我從這可以看得到裡面。我就一邊參觀，一邊等妳。」

勝者選了一個可以清楚看到教室的位置坐了下來。

「為了美好的野餐，讓我們來做飯糰」烹飪教室的黑板上，寫著這幾個大大的字。包含我在內，一共有十二個學生，工作人員發給大家做料理時要穿戴的圍裙和白色帽子。

我穿上圍裙、戴上帽子，照了照鏡子。鏡子裡「羅如真廚師」正在微笑，我的心情變得好多了。

「來到這裡這些孩子們，都夢想成為一位廚師嗎？」烹飪老師問孩子們。

「對！我想成為那些電視上的廚師。」幾個孩子異口同聲地說，而我並沒有開口回答。

「嗯，我們的兒童廚師課程為期六個月，六個月後會給大家一份結業證書，大家會努力地學習到那個時候嗎？」

「會。」同學的聲音響亮而有力，然而，這次我也沒回答。

「那邊那個小女生呢？妳也是想要成為廚師，所以來到這間學院的嗎？」烹飪老師問我。

「不是。」我大聲地說。

烹飪老師的表情看起來有點驚訝。

「我是因為免費，所以才來這間學院的！不過無論再怎麼免費，如果不喜歡做料理的話，我也不可能會來這裡！我非常喜歡做料理，可以免費

學習我熱愛的料理，我覺得很棒、很開心。所以我就來了。」我也想和烹飪老師表明清楚。一個月過後，我就不會再來上課了。

「很好！做自己喜歡的事情，是非常美好和享受的。」烹飪老師從一個大桶子裡面拿出了米。

「做飯糰的時候，從煮飯的那一刻起就很重要。飯必須要煮得不軟也不硬。」烹飪老師開始講解。

我把事前放在口袋裡的筆記本拿出來，寫下烹飪老師說的話。先切碎、煎一煎、然後再炒，接著再一次切碎、煎、然後炒。五顏六色的蔬菜冒著熱氣，美美地被盛裝到了盤子上。雖然烹飪老師一邊做飯糰，一邊說明得很快速，但我完全沒有漏掉任何一句烹飪老師說的話。

一個小時三十分鐘很快就過去了。我把我做好的飯糰用鋁箔紙包起來，數量非常地多。當我走出烹飪教室時，勝者正在做著什麼，接著他把原本正在做的東西放進書包後站了起來。

「哇，好漂亮。」勝者一看到我做的飯糰，就發出了讚嘆。

「我料理做得不錯吧。」我聳了聳肩。

「我可以吃嗎？」勝者問。

「當然啦！材料費可是你出的呢！」我高興地回答。

不過要去哪吃才好呢？以現在的狀況也不能回補習班的頂樓吃，而且也差不多到要關門的時間了。

「雖然等下就要天黑了，不過外面還亮亮的，那邊有個公園，要過去那裡嗎？」

「好啊！反正又不會因為天黑，就把飯吃進鼻子裡。」

我跟勝者來到烹飪學院後的公園，沒想到在繁忙的市中心，竟然有個如此漂亮的公園。勝者和我刻意選了路燈下的長椅坐下來，以防天黑後變得黑漆漆的。

就在我們打開飯糰，準備要開動的那刻，勝者手機響了。他確認一下來電顯示，卻沒有把電話接起來。

沒接起來的那通電話掛斷後，便馬上收到訊息。

「誰啊？」

「勝利！他問我在哪。」勝者盯著手機回答。

「你不回他嗎？」

「這個嘛，不回他的話，勝利就會被我媽罵。只要我亂跑，找不到人的話，就只有勝利會被罵，因為他沒把我顧好。」

「那你打算怎麼辦？」

「不知道。」勝者皺了皺眉頭。

「不然你叫勝利也一起來啊。」

「過來這裡？」勝者感到很驚訝。

「一起吃飯糰，然後再一起回家就好啦。」

「可以嗎？」

「有什麼不可以的？」我看著勝者笑了笑。

於是勝者像下定決心似地，回覆了勝利的訊息。

勝利衝破緩緩降臨的夜幕，跑向公園。當勝利看到我和勝者中間

放著飯糰，面對面坐著的時候，露出了驚訝的表情。

「你怎麼在這裡啊？我們趕快回家吧。」勝利一見到勝者便開始催促了起來。

勝者說要一起吃完飯糰再走，勝

利則說他們媽媽已經打了兩次電話給他了，叫勝者現在就走。

「那你自己回去吧。」勝者發了脾氣。

勝利一臉無可奈何，坐到長椅上。公園裡吹著風，夜晚的風就像是西伯利亞平原的風一樣冷颼颼的，最後勝者和勝利都一起吃了飯糰。

「很好吃吧？」我問勝者。

勝者豎起了大拇指，表達了當然的意思。

「好吃嗎？」這次我問了勝利。

我還在想怎麼他那麼不懂人情世故，嘴裡吃著別人做的食物，竟然一句話都不說。勝利點點頭，原來是他聲音很輕「很好吃。」幾乎聽不見。

路燈明漸漸亮了起來，我趕快把鋁箔紙揉成一團丟進垃圾桶，對勝者說「快走吧！在被罵之前。」

勝者好像想再說些什麼，猶豫不決一會兒後，他翻找書包。接著他拿出了一張紙遞給我。

「這是什麼啊？」我接過紙並把它展開。

那張紙上畫著一個人的身影，我走到路燈下，仔細地看著這幅畫。

「哇！」我不自覺地發出感嘆聲。

「這個不能在這裡看！你過來，我們到那邊去再看一次。」我背起書包，抓住勝者的手開始奔跑。

我們在一間燈火通明的便利商店前停了下來。我把畫攤開，畫裡一個戴著烹飪帽、圍著圍裙的小小廚師正在認真地做著料理。

「這是什麼時候畫的啊？」我眼神充滿感激地看著勝者。

「妳在做料理時畫的，當作飯糰的錢。」勝者不好意思地回答。

「你都已經付材料費了，還要給我什麼飯糰錢？白勝者，你真的好會畫畫啊！畫裡的我就像隨時會走出來一樣！你真的好厲害啊！」

我真心誠意的誇獎。

勝利伸長脖子，仔細看著那幅畫，接著他指了指畫裡我的眼睛。

「給我鉛筆。」勝利朝勝者伸出了手。

勝者撅起嘴，從書包裡拿出一支4B鉛筆遞給勝利，他用4B鉛筆快速調整了我的眼睛。眼皮稍微下垂一點，幾乎跟我的眼睛一模一樣。

「你也要付飯糰錢嗎？」勝者問勝利。勝利只是笑了笑，沒回答。

吃過飯糰之後勝者和勝利送我到捷運站。

「妳明天會來補習班吧？」勝者問。

「一定得去啊。」我不帶一點猶豫地回答。就算要離開，也必須先把二月份的課上完，因為已經繳一整個月的學費了。

勝者和勝利並肩而行，當我看到他們兩人肩並肩的時候，突然冒出了「他們真的是雙胞胎耶！」的想法。

「啊對！」搭捷運時我才想起忘記問英文考試的事，我忘了問勝者的考試是怎麼考到一百分的。

這是我喜歡做的事，所以不要阻止我！

捷斯的動作非常快，當我到家時媽媽已經在等我了。媽媽氣得滿臉通紅，我很驚訝她竟然沒有打電話給我。

「妳跑去哪裡了？」媽媽低沉的聲音問，那聲音可怕得令我全身發抖。

「別那樣逼孩子，好好地跟她說。剛才都提醒老半天了，還是沒

聽懂啊。」奶奶攔住了媽媽。

「我已經照媽您說的沒打電話給她了，不是嗎？您說我如果打電話去大罵一頓，孩子會怕得不敢回家，所以我就聽您的話了不是嗎？忍了好幾個小時，我都要爆炸了。」

原來是這樣。

「是啊，既然要聽我的話就多聽一點，慢慢地、好好地全部聽完、聽進去。萬一到時候如真也和尚喜一樣，說她不去上學了，要去當什麼背包客有的沒的，我看妳要怎麼辦？」

「媽！現在是說那種話的時候嗎？」媽媽吼得非常大聲。

奶奶瑟縮了一下，然後嘴裡一邊說著「知道了，知道了！妳的孩子就妳自己看著辦吧……」一邊走回房間。

「聽說妳考試考砸了，然後就直接離開補習班了？」媽媽用冰冷的眼神看我。

「說！妳為什麼考試考那樣？又為什麼離開補習班？妳跑去哪裡了？」媽媽逼問著我，就好像刑警在問罪犯一樣。

我低著頭，思考著怎樣才能少挨一點罵，但無論我怎麼想都沒方法。如果硬是要為犯錯找藉口的話，只會被罵得更慘而已。

「好吧，我們一個一個問題來，你說考試為什麼考砸了？根據捷斯的說法，這次考試非常簡單，妳不久前不是才考一百分嗎？現在怎麼會考這樣？媽媽實在是難以理解。」

「對我來說考試很難！」我本來想保持安靜的，卻不自覺地脫口而出。而且名牌補習班的考試題目根本就不是國小的程度，進度超前很多，我是中途才加入，怎麼可能跟得上嘛！我的內心有千言萬語，但目前情況下，最好還是忍住不要開口。

「別人都很容易，為什麼妳就很難呢？妳特別笨嗎？英文不是妳擅長的嗎？」我一聽到笨這個字，眼淚嘩啦啦地流下來。

「媽媽，A班同學就只會讀書。」這是我唯一說得出口的辯解。

「學生當然就只需要讀書啊！不讀書要做什麼？妳難道不是嗎？妳不讀書，還想做什麼？」

我用手背擦了擦眼淚後說「媽媽……我偶爾也會想要做些好吃的

東西吃。吃到媽媽煮的不好吃的時候，我也會想知道是因為少放了什麼東西，才會變成這樣。還有媽媽不在家時，我也會想要嘗試自己做飯菜。」

「我的天！妳整天都在想這些？」媽媽握著拳頭捶打胸口。

「唉呀，如真這個年紀當然會想這、想那啦！孩子怎麼可能腦袋只想著一件事過生活啊？妳這樣當初就不該生孩子，應該要生個讀書機器人才對！」奶奶幫我講話，她不知道什麼時候從房間出來的。

「媽！您之前說不要叫孩子做這、做那的。可以拜託您在我和如真講話時，不要插嘴說任何話嗎？」

「我的意思是叫大人不要去勉強孩子，而不是說讓他們自己去想這、想那。好啦！知道了，我走就是了。」奶奶再次走回房間。

「妳知道補習的學費都繳了吧？妳也知道學費有多貴吧？」媽媽的聲音在發抖。

「是啊，那麼貴的學費……」奶奶再次打開房門，介入我和媽媽的對話。但當她一和媽媽對到視線，又趕快把門關上。

「不是嘛！我這次要站在孩子的媽妳這邊的，那學費多貴、多可惜啊！」奶奶在門外大喊。

「我會把該上的課上完。」我低著頭，啜泣著說。

媽媽冷漠的轉身，看著媽媽垂下的肩膀，我的內心感到非常地愧疚、難過。

「媽媽。」我叫住正要回臥室的媽媽「我還有一件事情想跟媽媽說！希望媽媽可以理解我，我考五十六分是因為那些題目都是我沒學過的。我不是在找藉口，那裡的同學們都用跑的而且速度很快，進度又超前很多，絕不是我落後！而是他們超前了太多！媽媽，我想要用走的，用適合我的速度、多體驗、多看、多感受各式各樣的東西！所以才會那樣。」

「說到底每個人不論快慢，都是會長大的。無論用走的還是用跑的，終究都會長到二十歲、三十歲。最後都一樣在二十幾歲的年紀進入大學，一起成為大學生。我真的很想問媽媽，用走的和用跑的有什麼差別嗎？無論如何，在上大學前學的東西都是一樣的，有必要現在就全速地跑嗎？」總覺得我說了這句後，媽媽可能會對我說「無論如何，跑起來就對了！」所以後來這句我就沒再說了，媽媽也默默地走進臥室。

隔天早上出門時，我傳了一封訊息給美芝。

「我現在正要走去公車站，要不要一起去？」然而，我並沒有收到美芝的回覆。

我在路上不停地思考，要如何才能跟美芝再次變親近。

「妳跟我談一談。」我一進到教室，朴雪利就對我說。

我跟著朴雪利上去了頂樓。

「妳昨天為什麼要那樣說我啊？而且說完人就跑了，妳到底想怎樣？我被妳講完後心情很不好，整晚都沒睡！妳這種小孩是憑什麼能罵我啊？」朴雪利雙手抱胸，歪歪扭扭地站著質問我。

令我感到非常地刺耳的「妳這種小孩」，我被這突如其來的質問搞得有點不知所措，什麼也說不出來。

朴雪利對我破口大罵好長一段時間，我應該要回嘴的，但我卻腦袋一片空白，反應不過來，不知道是不是昨晚只睡不到十分鐘的關係。等她全部發洩罵完後，就直接轉身下樓了。我的感覺就像走在路上突然被潑一桶冷水，我在頂樓站了好一會兒，才慢慢地走下樓。

「如真啊，今天烹飪學院的菜單是什麼？」勝者一見到我就問。

「我也不知道啊！昨天沒確認。」

「是喔？沒差！反正今天去就知道了！我也可以一起去吧？」勝者非常地興奮。

「但我今天好像不能去烹飪學院了。」

「為什麼？」勝者的眼睛睜得圓圓的像兔子一樣。

「我昨天是因為中途離開補習班，所以才對得上烹飪課的時間，但我今天不能再中途離開了。所以昨天那堂烹飪課，是我在烹飪學院裡的第一堂課，也是最後一堂課。」

「哪有人這樣的？材料費不是已經給了一星期的嗎？而且妳那時

候不是說妳要上一個月嗎？」

「那是因為昨天英文考試，讓我受到了很大的衝擊，所以才會衝出補習班。我那時候根本沒想太多，我也想上一個月啊！但時間就是對不上嘛！我也是昨天回家後才想到的。」

「啊，怎麼可以這樣。」勝者一臉難過地咂了咂嘴。

要說難過，我比勝者更難過。

第三節下課時，我收到媽媽傳來的訊息「今天把妳的東西都帶回來吧！我們就用走的，好好看看、好好感受、好好體驗。不過妳要跟媽媽約定好，就算是用走的，也要把妳下定決心選擇要走的路認真地走完。」

讀完訊息後忍不住一陣鼻酸，眼角泛著淚水的我回覆了「媽媽，我會慢慢走、耐心走。而且我會認真走完，不會迷失方向。」回完訊息後，我原本灰暗的內心瞬間明亮了起來，我笑著朝勝者走去。

「我要提早走，你今天想不想多休息一天啊？」我貼著勝者的耳邊說。

勝者看勝利的眼色後，對我豎起大拇指，意思是「好。」

中午吃飯時間，我收拾好書包後離開教室。勝者朝我眨了眨眼，表示很快就會跟過來。我下樓梯時突然停下來，想到我不能就這樣離開。沒錯！我如果就這樣離開，我永遠都會氣不過的。

於是我去到餐廳，我知道朴雪利這時間會在餐廳吃飯。果然看見她正在吃著炸豬排，我抬頭挺胸地站到了朴雪利面前。

「喂，我今天就要離開這裡了。」我直直地看著朴雪利說。而她也看著我，表情像在說「那又怎樣？」

「妳剛才對我說了妳這種小孩，對吧？我這種小孩怎麼了？」我語氣冷靜地質問朴雪利。

「妳是不知道才問的嗎？妳的英文成績就說明一切啦！而妳現在不也因為無法適應這裡，所以要退學了嗎？那麼妳是哪樣的小孩，不是很明顯嗎？」朴雪利理直氣壯地說。

「喂，妳現在是醫師班吧？現在讀醫師班的孩子們，以後全部都會成為醫師嗎？」我邊問邊把臉靠近朴雪利的臉。

「很難說吧！萬一妳到國中或高中了，才發現自己不適合當醫師的話，那怎麼辦？還有，萬一妳最後沒當上醫師的話怎麼辦？拼死拼活地讀書，只為了想當醫師，結果卻沒當上的話，我就問妳到時候打算要怎麼辦？哼！」我哼了一聲，然後站直了身體。

「我之所以離開這間補習班，並不是因為我書讀得不好！所以我才不是妳說的那種小孩聽懂了嗎？」說完我便轉身離去，大步流星地走出餐廳，心裡非常地爽快。

勝者已經在補習班外面等待著我。

「今天的菜單會是什麼呢？」勝者眼睛閃閃發亮地問。

「如果今天的菜單不好吃，我就另外再做好吃的給你。」

「真的？」勝者再次眼睛閃閃發亮地問。

我和勝者互相看了一眼，並笑了出來。

「我有問題想問，你這次英文怎麼考的？」嘻嘻哈哈了一陣子後，我正色對勝者說。

「啊，這次英文？這次的英文考得很簡單的啊！都是從作業裡出來的問題，不是嗎？考試前一天，我讓勝利幫我預測會考的題目，然後我再把答案都背下來。他可真是預測考題的天才！」勝者笑著說。

「你覺得你還能夠這樣子多久？」我看著勝者，認真地問。

「你覺得勝利可以這樣幫你幫到什麼時候？」

「如果他之後幫不了我，那就算了啊！」勝者回答得很乾脆。

「如果你也能和我一樣用走的就好了，用適合自己的速度，慢慢地走。」

「什麼？」

「你如果用奔跑的，就會連跟我見面一起吃飯糰的時間都沒有了！哈哈，我以後再用電話跟你解釋吧！我可以很肯定地告訴你，你非常有成為優秀畫家的潛力！我希望你不要放棄畫畫！假設你以後真的成為一名醫師，可以為病人診斷、治療，如果同時還擅長畫畫，甚至舉辦畫展的話，那真的就是全世界最帥的醫生了！」

「喂，同時做好兩件事，不會累死嗎？」勝者露出了沈重的表情。

「我奶奶的關節很不好，還因為太辛苦而長了滿臉皺紋，但即便如此，每每到了芝麻收成時，她都會到鄉下親自收割芝麻，並把它們榨成油後再帶回來。我爸看奶奶這麼辛苦，問奶奶為什麼每次都要那樣做，結果你知道我奶奶是怎麼回答的嗎？」

「怎麼回答？」

「我是因為享受才做的，做自己享受的事，一點都不覺得累！這是我喜歡做的事，所以不要阻止我！」

「走吧！今天我就帶你嚐嚐世界上最美味的食物。」我把手搭在勝者的肩膀上。

雖然風很冷，但正午的陽光很溫暖。我的心就好像那道照在我背上的陽光一樣，暖暖的。

烹飪課結束後，我回家路上決定傳訊息給美芝，而且我打算對她實話實說。

「我是作弊的。」美芝看到的話，一定會哈哈大笑，然後我也會哈哈哈地開懷大笑。

作者的話

這是一個在去年夏天的活動「與作家會面」時發生的故事。在與五年級的孩子們談論關於夢想的主題時，我問了每個人──你們的夢想是什麼？

幾乎那陣子最受歡迎的職業通通都被提到了，我問其中一個想要成為醫師的孩子，為什麼想要當醫師？

「我媽媽叫我一定要成為醫師！她說這樣我就會賺很多錢，可以不愁吃穿。」

而當我問那些想成為明星的孩子，想當明星的理由時，他們果然也是回答說因為可以賺很多錢！還有一個孩子說他想成為每個月薪水都很穩定的公務員。

我跟這群孩子聊著聊著，發現到他們根本不是在談論他們的夢想，而是在說他們將來想要從事的職業。

夢想——指的是自己主動想去做的事情。當然如果可以，你的夢想和你的職業一樣，那絕對是最完美的狀態。然而，夢想和職業有可能會相同，卻也有可能會完全不同。

僅僅因為你喜歡唱歌，並不代表你就會成為歌手。不過就算你沒有成為歌手，就算你的職業和夢想不同，只要你不間斷地唱歌，那也是一種培養你的夢想的方式。只要持續地培養你的夢想，也許某一天，你的夢想就會如同花朵般綻放。而即便夢想沒有開花結果，當你在做著自己喜歡的事情時，一定都是充滿幸福感與享受的。

我在成為一名作家之前，我曾經營一間補習班，經營了很長一段時間。然而，我並沒有放棄寫作的夢想，而是持續地培養那個夢想，最終我成為了一名作家。

我現在整天大部分的時間都坐在椅子上寫作，如果我小時候就可以像現在這樣，坐著一整天，用功讀書的話，我應該就能不讓媽媽失望成為資優生，考上好大學。

雖然坐得屁股很痛，腰也很不舒服，但因為是做自己喜歡的事，所以真的很幸福！我覺得現在的我，是世界上最幸福的人。

我祝福所有的孩子——懷抱著夢想，並持續培養自己的夢想，成為世界上最幸福的人。

幸福的童話作家　朴賢淑

故事館 033

奇怪的系列 3：奇怪的補習班

수상한 학원

作　　者　朴賢淑（박현숙；Hyun Suk Park）
繪　　者　張敍暎（장서영；Seo Yeong Jang）
譯　　者　林盈楹
責任編輯　蔡宜娟
語文審訂　張銀盛（台灣師大國文碩士）
封面設計　張天薪
內頁排版　連紫吟・曹任華

出版發行　采實文化事業股份有限公司
童書行銷　張惠屏・侯宜廷・林佩琪・張怡潔
業務發行　張世明・林踏欣・林坤蓉・王貞玉
國際版權　施維眞・劉靜茹
印務採購　曾玉霞
會計行政　許俽瑀・李韶婉・張婕莛
法律顧問　第一國際法律事務所　余淑杏律師
電子信箱　acme@acmebook.com.tw
采實官網　www.acmebook.com.tw
采實臉書　www.facebook.com/acmebook01
采實童書粉絲團　https://www.facebook.com/acmestory/

ISBN　9786263495500
定　　價　320元
初版一刷　2024 年 2 月
劃撥帳號　50148859
劃撥戶名　采實文化事業股份有限公司
104台北市中山區南京東路二段95號9樓
電話：(02)2511-9798　傳眞：(02)2571-3298

國家圖書館出版品預行編目資料

奇怪的系列 . 3, 奇怪的補習班 / 朴賢淑作 ; 張敍暎繪 ; 林盈楹譯 . -- 初版 . -- 臺北市 : 采實文化事業股份有限公司 , 2024.02
256 面 ; 14.8×21 公分 . -- (故事館 ; 33)
譯自 : 수상한 학원
ISBN 978-626-349-550-0 (平裝)
862.596　　112021184

線上讀者回函

立即掃描 QR Code 或輸入下方網址，連結采實文化線上讀者回函，未來會不定期寄送書訊、活動消息，並有機會免費參加抽獎活動。

https://bit.ly/37oKZEa

采實出版集團
ACME PUBLISHING GROUP